风之翼

苇　枫／著

山东人民出版社·济南
国家一级出版社　全国百佳图书出版单位

图书在版编目（CIP）数据

风之翼/苇枫著. --济南：山东人民出版社，2020.6

ISBN 978-7-209-12712-7

Ⅰ.①风… Ⅱ.①苇… Ⅲ.①长篇小说－中国－当代 Ⅳ.①I247.7

中国版本图书馆CIP数据核字(2020)第087782号

风之翼

FENGZHIYI

苇枫　著

主管单位　山东出版传媒股份有限公司
出版发行　山东人民出版社
出 版 人　胡长青
社　　址　济南市英雄山路165号
邮　　编　250002
电　　话　总编室（0531）82098914
　　　　　市场部（0531）82098027
网　　址　http://www.sd-book.com.cn
印　　装　山东新华印务有限责任公司
经　　销　新华书店

规　　格　32开（145mm×210mm）
印　　张　7
字　　数　100千字
版　　次　2020年6月第1版
印　　次　2020年6月第1次
ISBN 978-7-209-12712-7
定　　价　29.80元

目录

莒文化，一个不朽的传奇

刘树芬　莒地民俗文化研究专家
中国古都学会副会长

莒地，历史悠久，人文荟萃。在这方古老文明的土地上，生生不息的莒人，继往开来，薪火传承，为中华文明的起源与发展做出了不朽的贡献。

莒地有着得天独厚的优越地理环境。据考古发现，早在三四十万年前，境内就开始出现人类活动足迹；自远古时代起，就已经成为东夷部落繁衍生息的重要领地；在新石器时代，就已经建立了大规模的部落方国。在这方土地上，勤劳智慧的莒地先民，创造了辉煌卓越的古代文化，留下了丰富宝贵的历史文化遗产。这里有数十万年的文化根系、一万余年的文明起步、五千余年的文明史。襟山带海、远阔壮观的自然环境，造就了莒文化独有的基因和底蕴，赋予了莒文化别样的风范与气象，成为东夷文化的最杰出代表。

莒地山川锦绣，人文厚重，民俗风情千姿百态，故事传说繁富多彩，大美怡情。这里的每座山、每条河、每寸土地，都氤氲着莒文化的浓郁芳香，或传之口碑，或载于史册，见证了莒人非同寻常的奋斗轨迹，成为研究莒史及华夏文明史弥足珍贵的资源。

富于传奇色彩的浮来山、刘勰校经的古刹定林寺、天下银杏第一树，闻名中外；见证了无数刀光剑影风云际会的兵家必争之地马鬐山，传奇故事至今流传；有巢氏筑巢而居的屋楼崮（别名五楼山），一代风流长眠之地莒子墓、城阳王墓，见证了莒城固若金汤的乐毅垒，莒子曾击退强齐的且于门，孔子高足曾教化莒人的曾子书院，遍布莒地的寺观庙宇、证史碑刻，还有众多的名山胜景、馆藏文物……让人生发无限幽思。目前，莒地已发现古城堡遗址数十处，古遗址、古墓葬千余处。特别是以大汶口文化、龙山文化为代表的古莒文化，曾经尽领一代风骚。大汶口文化中最具代表性的陵阳河文化，开启了人类文明发展的新纪元。这里出土的陶文，是中国文字的最早雏形，已被写入中学教科书。

莒文化，特色鲜明，影响深远。海内外专家学者一致认同，“包容创造、明礼尚义、崇文重学、自强奋进”，最能代表莒文化内涵。莒文化积淀着莒人最深沉的精神追求，与其他中华优秀文化相互交流、渗透、融合，穿越时空，代代传承，具有强大的辐射力和影响力，在中华文明史上占据重要地位。

莒文化是一座蕴藏丰厚的富矿，是一个不可复制的传奇，是中华传统文化的重要组成部分，是中华文明之瑰宝，体现着莒人的精神价值和人格气象，展示着莒人的风骨和精神，具有独特的文化、历史和社会价值。

本书就是一个试图用文化的神奇故事想象来还原莒国古文化、诗经文化等古代文化的一部既具有古莒地域民间文化特质和先秦文化特质的内蕴丰富、又有着文化创新精神的神话幻想小说。它融诗经与古莒文化于一体，在写法上和文学性上都是别树一帜。

被诅咒的孩子

“你永远都是个失败的孩子！没有人会喜欢你！”妈妈的咒骂像咒语一样刺痛着陈晓蝶，陈晓蝶想反抗却无能为力。

“怎么数学又没考好？学学你弟弟晓萧，这次进步还挺大的，一下子进步了十名！”爸爸夸着弟弟，其实是向陈晓蝶发泄不满。弟弟陈晓萧大声用吸管咂着酸奶盒，得意地在她面前晃来晃去，狡黠的眼神闪来闪去。

“还不知道这次数学考试是不是抄袭的呢！哼！”晓蝶心里不服气地想着。

瞧瞧，瞧瞧！连自己的爸爸妈妈都这样不喜欢她，讨厌她！这比她考砸了还让她伤心！

事实证明，陈晓蝶确实是一个不讨人喜欢的孩子，家里时常因为她而爆发战争。明明陈晓萧是家里头号不讲卫生的人。看看吧！他总是喜欢打完篮球一脸汗污手也不洗就去拿餐桌上的馒头！他还喜欢说脏话，也就是骂人的话。还在外面和男生打架。更可恶的是，他小小年纪不好好学习，竟然还去追晓蝶班里一个满脸长着雀斑的学姐，这是什么审美眼光呀！

但是，最让晓蝶伤心的是，爸爸妈妈却并不觉得陈晓萧有这么多缺点。在他们的眼睛里，晓萧好像才是他们的亲孩子，是他们的好孩子。这一切都让陈晓蝶感到憎恶。她不喜欢这个家，但是她也不喜欢学校。

因为在学校里，她感觉同学们也不喜欢她。她总是一个人独来独往，时间久了，她便觉得自己好孤独，遇到不愉快的事情也找不到一个好朋友倾诉。

好在有一天，班里来了一个插班生——一个乐于助人的阳光帅气的男孩，名字叫张辉，也就是后来他们班的校草。幸运的是，他成了晓蝶的同桌。在张辉的帮助下，终于，晓蝶有了可以偶尔敞开心扉倾诉心事的对象。然而好景不长，没过一个学期，张辉便渐渐冷落了晓蝶。他更喜欢与他们班的校花薛雪在一起聊天，放学还一起骑车回家。薛雪是个爱笑的女孩子，她不但人长得漂亮，还很外向，很喜欢和同学们打交道。从此，晓蝶又恢复了孤零零一个人。有同学说，陈晓蝶太孤僻，也不愿理睬人，成绩没有那么优秀，还故作清高。为此，陈晓蝶伤心地哭了一场，她哪里是清高呀，她只是没有自信和勇气像薛雪那样与大家玩在一起，因为她觉得自己是一个不被喜欢的女孩子，所有人靠近她都会讨厌她。所以，她只能远离人群，远离那些不喜欢她的人而已。可是，这是说也说不清楚的理由，谁能理解她呢？

陈晓蝶就像是一个从一出生就注定被下了诅咒的孩子。总之，她就是有这个能力让喜欢她的人不喜欢她，让不喜欢她的人更加不喜欢她。

陈晓蝶没有一点儿自信了。成绩下滑的她只好休学一年，被送回了爷爷奶奶的老家。

秋日的晚霞总是像秋鸿一样，辽阔空旷地飞在五楼山的上空。这里是最早能看到日出的地方。每当她苦恼的时候，她都会一个人爬上五楼山，在此仰望天空，或者自言自语地倾吐心事。

陈晓蝶家祖祖辈辈都是五楼山的看林人，至祖父祖母这一代已经是第五代了。而陈晓蝶本也可以在这片一望无际的绿色故土上做一个看林人，循着祖父祖母的旧业，如果爸爸妈妈没有调到城市里工作的话。

有一天夜里，她做了一个梦：那是在祖父祖母的森林木屋里。窗外的星光星星点点地闪烁着，鸟儿都在酣梦中停止了鸣叫。那些绿色的枝丫竟然在黑夜里亮了起来，发着莹白色的光，像是月亮将脑袋靠在了上面一样。那光，像启明星照向晓蝶的窗子，直投射在她一个人的大床上。

她醒来，没有发现祖父祖母，便被一种战胜恐惧的动力驱使着走向木屋的窗台，她用紧张的小手颤颤巍巍地拉开窗帘，一道巨大的光芒像是要把整片森林包裹了一样。她向着那片如白昼的光芒跑出去。

“爷爷，奶奶……”她拼命地哭喊着，直到一股如闪电的绿色光芒打在她身上。就在那一瞬间，她看到了一个绿色信箱立在一棵硕大的梧桐树的绿色枝干上，一只闪着光的白色大鸟从里面飞出来。

她忽然忘记了胆怯，径直走近了那只大鸟：“你叫什么名字？”

大鸟回道：“风，叫我风好了。”

“风？好奇怪的名字。”

“不奇怪，以后你会认识我。”大鸟说着，便又伸开巨大的莹白色翅膀飞远了。森林里又恢复了黑暗。月亮仍然明亮安详地悬在天上，只投下一个小小的光晕。

而祖父祖母就在那一年离开了晓蝶，像一阵风一样消逝了，只留下了一些记忆，潜藏在晓蝶的心灵深处。不得已，她只好又被父母接回了城市。

但是，她每时每刻都想逃逸。她不喜欢城市，也不喜欢她所在的班级。可是，爷爷奶奶离去了，她往哪里去呢？不过，时时在睡梦中，她还会梦见那只大鸟，难道，是那只大鸟驮着爷爷奶奶飞走了？为什么是在那个大鸟出现的夜晚，爷爷奶奶就在看山林的时候睡着了并且永远地睡去了呢？难道，那只大鸟是爷爷奶奶的灵魂吗？想到这里，她下意识地捂住了嘴巴，就像不小心说出了一个惊人的秘密。“大鸟，你知道吗？我没有朋友，也没有人喜欢我，我就像一个被诅咒的孩子，我很孤独……”

“你知道这个城市曾经是一个战场吗？是《诗经·采薇》里的战场。那是一片荒芜的战场，那里有你前世的记忆。你需要回到你前世的记忆；还会遇见一个人，他的名字叫‘简兮’，他可以破除你的诅咒。”这只叫风的大鸟又出现在梦中，它忽闪着一对洁白的羽翼对晓蝶说完，便隐去了。

地 铁

又迟到了！陈晓蝶还来不及听爸爸妈妈对她一贯的牢骚抱怨，便一个前滚翻从床上跃下来，像往常一样匆匆忙忙地吃过早餐，急急地往地铁站跑去。都怪昨晚那个校草张辉让她帮他给校花薛雪写信，害得她夜里睡那么晚，还无形中自己失落地哭了一夜。为什么同样是女生，却没有人给她写信呢？没办法，就这样认命吧，反正自己就是个不讨人喜欢的女生。晓蝶心里暗暗地想。

当她大汗淋漓地赶到地铁口，却发现公交卡找不到了，她慌乱中翻找了书包里所有的书，甚至连书本里面都逐页翻过了，还是没有找到。这时，一个男生走过来，只见这个男生冲陈晓蝶嘴角上扬微微一笑，便将一张地铁卡递了过来。可是，这是一张奇怪的地铁卡，它不是长方形，也不是正方形，更不是圆形，它是一张菱形卡片。晓蝶觉得好奇，待她想看个究竟的时候，却听到了远处传来的地铁进站的呼啸声。

“快走吧！迟到了！”男生疾声说道，顺势将晓蝶推了一把，陈晓蝶就这样借着一股推力跟着人流涌进了地铁里。不同以往的是，她的眼前一阵晕眩，脑海里一阵空白。待她扑进地铁立定的时候，却发现，这地铁里的人好少，不像以往拥挤不堪。而且，好玩的是，这车上的人都穿着长裙长衫，看上去有点像汉服。她看了看地铁车站的坐标，不同寻常的是，那些坐标，都不是她之前熟悉的那些站点！坏了！坐错方向了吗？她又定睛细细地看去，可是，在那坐标上怎么也找不到 92 中学呀！她一时慌了，紧紧攥着书包的右手里渗出了一层汗水。这个闷热的夏天，城市像被炙烤了一般，行走在上面的人们都蔫蔫的，像是无精打采的黄瓜秧。唯有地铁没有受到影响，它依旧猛烈而亢奋地向着黑暗深处驶去，像一只爬行于地下的大鸟飞速滑翔。陈晓蝶急切地等待着地铁在下一站停下来，她好下车，重新换地铁，内心却不住地喊着：糟糕，糟糕！今天的考试真的要错过了！

然而，地铁依然往前驶去，丝毫没有想停留下来的意思。陈晓蝶又慌张地看了一眼地铁车站坐标，却忽然怔在了那里，她的眼睛和嘴巴同时睁圆了。那地铁哪里是以地名为坐标，全部是些陌生的名字，她甚至有些看不懂。什么摽有梅，采薇，竹竿……

她心下生疑，随着地铁的往前伸延，她的心越来越惴惴不安起来。再看看周围那些人里面，有妇孺，有男子，他们对她都好像熟视无睹，用一些她听不太懂的话语来交谈着。其中有个小孩子还像唱歌一样背诵着什么，细听来却是什么“呦呦鹿鸣，食野之苹……”她不敢再看下去，怕他们发现了自己这个“异类”，便把头狠狠地低了下来。

忽然，一股冷风吹来，直凉透晓蝶的后颈背。她慌忙抬起头来，却发现一只大鸟扑闪着巨大的翅膀停立在地铁门边，紧接着，那地铁像接到了指令一般，滑行的速度忽然减弱，有几分庄严地戛然而止。地铁门开了，晓蝶抓紧自己的书包，惶惑不安地从车门里跑出来。此时，大鸟就停立在晓蝶身边，它伸展翅膀，又飞出了地铁口。它一定知道地铁出口在哪里？晓蝶暗暗心想。那是一只看上去美丽又雄壮的大鸟，晓蝶又怕又奇，但又觉得这只大鸟好像在哪里见过，好像是梦里！但是管不了那么多了，这是个生疏的地方，她只能循着大鸟飞去的方向跑出去。可是，待她跑出地铁口，那只大鸟已消失不见。

“你来了！”仍旧是那个嘴角上扬微笑着把她拥进地铁入口的男孩。原来他已经在出口等她了。她这才无意识中发现男孩的眼睛大而有神。不过，那双眼睛好像似曾相识。

陈晓蝶看看陌生的四周，慌乱不安地问男孩：“这是哪里？”

男孩却很淡定从容地说道：“跟我走你就知道了。”

那个男孩一转身，竟又化作一只大鸟，一揽翅膀，将晓蝶轻轻掠到他的脊背上，载着晓蝶横空飞翔。天空苍穹无限地大，正在大鸟载着晓蝶飞向云端之时，却见大鸟一转身，倏然俯冲向下投入一口像半个子弹头形状的井一样深不可测的大口尊[①]中。那尊上画着一个图形，最上端是一个圆，象征太阳；太阳下面有一片云一样起伏不定的月牙形，象征天空里的云朵；下面是一个五座山峰的形状，托着上面的云朵和太阳。当太阳从云朵上升起的时候，出太阳了，便是一天的清晨。这个图案和蕴意组合起来，活像一个“旦”字。晓蝶对这个图形再熟悉不过，这不就是她小时候经常去的五楼山上的屋楼春晓图嘛，此为五楼山的一个标志。还有这大口尊是在历史课上学到的，这是一种出土文物，而刻在上面的这个图案“旦”字，历史老师经常说，这是我们文字的祖型，比甲骨文还要古老……但是当她意识到这只大鸟带她飞入这口大口尊里面时，

① 原型为山东莒县陵阳河出土文物，上面刻有陶文。

她还是惶恐不安。这是幻梦吗？最近她老是心神不宁，梦中总是出现一只大鸟，难道，冥冥之中她与这只大鸟有什么牵扯吗？不过她转念一想，反正她是一个不被人喜欢的女生。既然大家都不喜欢她，就此跟着一只大鸟遁世也没什么不好，就趁机练习一下失踪好了，以示对不喜欢自己的那些人的惩罚。想到此，她又紧紧地抓住了大鸟的翅膀，闭上眼睛，任这只大鸟带她飞进这个深不可测的世界。

“你知道吗？你的祖先是鸟的族类，进入这个世界，你要和我一样，先变成一只鸟。”幻化成大鸟的男孩说。

“什么？还要变成一只鸟？”晓蝶紧张地问。

“是的，你必须先变成一只鸟。像我这样。”

“我也是鸟的族类？”

“是的，我们都是叫作风的大鸟的族类。”

晓蝶此时忽然想起在祖父的几案上曾经有一张

画着一只白色大鸟的画。祖父说那是他的祖父的祖父的祖父留下来的。难道，真如男孩所说，否则，怎么历史老师曾说，我们的祖先有鸟图腾的古老仪式呢？

晓蝶还在想着，却见男孩子嘴角颤动，念念有词地说着什么，顷刻间，晓蝶也幻化成了一只鸟，尾随着男孩幻化成的大鸟飞进了另一个世界。

王宫

鸟部族的王宫正在准备一场盛大的崇拜仪式。最前面的部族首领正率领着一行人马，浩浩荡荡地奔赴至五楼山上。只见在山顶密密麻麻的众人之中，有一人佩戴华冠、身着礼服，正举着一个偌大的玉璧[①]，向天空庄严地诉说着什么。那玉璧是一种中央有穿孔的扁平状圆形玉器，上面四周画着巨大的鸟翼，那羽翼铺漫其上，如风涛般。这人拜谒完天，又庄严肃穆地穿入另一行人之中，举玉琮[②]俯瞰大地，那玉琮中央露出一个圆的天空，那是一种内圆外方的筒形玉器。从这五楼山往下望去，确实有一览平川之感。沭水正拖着蓝色的水带汩汩流动着，远处隐约的山脉都在清晨的朝雾里若隐若现，一轮

---

① 中国古代重要礼器之一。中国古代有玉璧祭天的礼制。

② 中国古代重要礼器之一。中国古代有玉琮祭地的礼制。

圆圆的红日缓缓地从五楼山的东边升起,升出山坳,像是被淡淡的云层托着,渐渐升到五楼山的主峰上,活像五个峰顶托着云上的太阳。紧接着，山上发出了一阵紧锣密布的鼓声与呐喊。当地的人们手持鼓和鼓槌，穿着狩猎的服装，戴着百鸟万态的面具，且歌且舞，场面壮观热烈。

“每年的春分和秋分以及盛大的日子，鸟部族都要在这五楼山上举行盛典的。部族首领要在这一天带领大家在此拜谒太阳与天地。”大鸟向晓蝶解说道。

晓蝶正努力地思索着历史课上老师讲到的古人玉璧与玉琮的用途，却怎么也记不清晰，只好附和着嗯嗯称是。

接着，他们又继续往前飞，一直飞至王宫的上空，便停立在王宫前庭院的桂花树上，向下俯瞰凝望。

这时，在这宫殿之上，站立在桂花树下的一个女孩，引起了晓蝶的注意。她隐隐地感到这个女孩似曾相识，正寻思着，大鸟对着晓蝶耳侧说：“这是王宫的小公主，叫蝶，她是你前世的影子。”

“噢，她是我前世的影子？怪不得一看见她，我就好像全身有触动，难道这是一种感应吗？蝶，晓蝶……”

“有时候，我们难以知道，究竟我们是前世的影子，还是前世是我们的影子，历史也是这样，有时候，我们的当下也是历史，而历史或许也充满了新奇感。”

晓蝶若有所思地嗯了一下。

“慢慢地看吧，慢慢地了解你自己，你本来是一个可爱的女孩，大气的公主，并不是一个人见人厌的女孩。你需要来面对你的过去，从而获得破除诅咒的勇气。我还有其他的使命要完成，但在关键的时刻，我会回来帮助你。不过，切记，千万不要与前世的你靠近，这是禁忌！”

待到晓蝶还要再追问的时候，大鸟飞远了。她只好蛰伏于王宫的树丛中。王宫中的树比较多，除了桂花树外，还有梧桐树。而每棵梧桐树上都筑有一个凤凰栖息的巢穴。这不愧是一个崇尚鸟的地方，鸟类在这里栖居应该很安全。想到此，晓蝶内心放松了一些。她可以随意停落在某棵树上歇息，而不会担心有人来打搅她。在这里做一只鸟真的好幸福，晓蝶心里暗暗窃喜地想。此时，她早已把考试的事情抛到了九霄云外。

在遥远古老的东夷部落，有一个崇尚鸟的鸟部族，有一个崇尚龙的龙部族。这两个部族曾经和睦友好相处。然而，随着鸟部族的发展壮大，领域也不停地向外扩张，这引起了龙部族的恐慌。

于是有一天，龙部族人就向鸟部族人发起了进攻。然而，龙部族人还是被鸟部族人打败了。龙部族人只好暂时撤兵，继续等待时机来攻打鸟部族人。而善良温和的鸟部族人并没有继续反攻龙部族人，他们也在等待与龙部族人有重新和睦的时机。

倒是有一天，鸟部族的王宫里来了一个男子。他是熊部族的公子白。公主蝶早就在王宫里听说他是母后的侄儿，却不曾想到，他竟然因为逃难而来。

那是一个夏日，阳光猛烈地照在王宫后花园的龙泉里。公主蝶正在龙泉边喂龙儿，喂得忘神的时候，却发现母后静静地站在她身边："蝶儿，你又在悉心照料这些龙儿，这是你父王不喜悦的。"

"可是，母后，它们从龙部族人那里被掳掠了来，它们是无辜的呀！瞧这些小龙儿，它们游得多可爱。"公主蝶一脸纯真地回道。

"母后明白你的心意。可是，这毕竟是那些龙部族人先来侵犯了我们的领土，而这些龙儿是他们部族的象征。所以你父王一看到这些龙儿，便想起了那场不愉快的战争。你知道你父王的为人，他总是那样的刚正不阿。"母后说。

"母后，孩儿明白。但是，我还是不忍心饿死这些龙儿，它们是无辜的呀！”公主蝶闪烁着一双聪慧善良的眼睛镇定地说。

“好吧！若不是你父王和我从小就如此宠溺你，你也就不会如此任性了。不过，无论如何，还是保留你的善良之心吧！但愿战争与我们这个部族，与你我都无缘。”母后从公主蝶手中取出一捧喂龙儿的食物，手臂轻轻一挥，撒向龙泉，看那些龙儿们吃得欢，便静静地走开了。

公主蝶继续在喂着龙泉里的龙儿。

正在此时，那个熊部族的公子白也打此路过，他看上去像个十几岁的少年，目光炯炯充满睿智，小小年纪却长得虎背熊腰，着一身狩猎的装束。他这身装扮在王宫里出出进进是非常显眼的。这让公主蝶觉得他实在好笑，却又不敢笑出声来。

当他走至公主蝶面前，却忽然站立住，向公主蝶半俯着身子深深地作了一个揖，用熊部族人的礼仪问了一声公主好。是他旁边的侍从告诉了他公主蝶的身份。

公主蝶也慌忙以鸟部族人的礼仪向其还礼，她将拘谨地放在裙裾上的手略略放下，低颔致意。

“公主那一头流波般闪烁的黑发，像流动的黑珍珠。”只听得那熊部族公子夸赞道。

公主蝶听到夸赞顿时羞红了脸，她感到心中怦怦直跳，无法平息。她还从未对陌生人这么胆怯过。只听旁边的侍从对公主蝶说：“公主殿下，这是您母后的侄儿公子白，刚从熊部族而来。”

公主蝶只感到脸上一阵火辣辣的，便只好用手掩面，带着贴身丫鬟素素，害羞地离去。只是她感到背后那双眼睛还在盯着自己，那目光如火如灼。她不敢回头望，径直找母后去了。

穿过紫檀木的后殿，便是母后的寝室。公主蝶来不及通知母后的贴身侍卫，便径直闯了进去。

“母后，母后。”公主蝶来到母后的榻前，母后年轻的脸上还留有夏末慵懒的光，有一丝疲惫，有一丝热烈。

母后见公主蝶进来，便起身将公主蝶拉到她的怀里，告诉公主蝶今晚将有一个王宫的宴会。

公主蝶佯装不知地问道：“今晚的宴会为何？”

母后刮了一下公主蝶的鼻子，说道：“今晚为迎接你的表兄举行一个小小的宴会。”

“父王还参加吗？”公主蝶一向最怕威严的父亲。

母后回道：“今晚你父王不在，他要跟众将士商议打仗的事宜。”

“打仗？龙部族人又要打过来了吗？”公主蝶的眼睛里闪着惶恐。

“对。”母后摸了摸公主蝶的脸颊，疼爱地说道：“是的，不过你还小，不懂。”

公主蝶似懂非懂地点了点头。

接着母后又催促公主蝶道：“时候不早了，蝶儿快快去沐浴更衣一下吧，好预备晚上的宴会。”

夜里，王宫里灯火辉煌。只是没有先前那般多的侍卫防备。

父王果真没有来。只有母后这边的随从较多。氛围也算融洽。

紧接着，只见一少年缓缓踱步而来。正是那上午在龙泉边见到的熊部族公子白，他已换下了狩猎的装束，着上了白衣长衫，倒显得文雅庄重起来。他注意到了公主蝶，在公主蝶旁侧不易察觉地伫立了顷刻，便又径直去给公主蝶的母后和女眷们一一请安了。待落座时，他恰恰在公主蝶的对面，和公主蝶的兄长们并排坐在一起。这些兄长们一直都在谈笑风生，好像根本没有注意到这位熊部族公子的存在。公主蝶心中暗暗为他抱不平，也恨恶她的这些兄长们为何这样怠慢人家。终于，公主蝶的最年长的长兄禽发话了，他不愧是父王的长子，确实有小小王者的气派，只见他挥舞着衣袖，如同夏日一阵凉爽的风带过：“来来来，斟满酒。”他招呼仆人们将酒一一斟进鸟身状的玉尊里。那酒清冽冽的，就是用王宫后花园龙泉里的水泡制而成。那酒原本盛放在双錾白陶鬶[1]里。鸟部族人总以鸟图腾为其族徽，故创造出这似鸟的双錾鬶作为日常生活用具。

“今日是熊部族公子来我们鸟部族的日子，我们当先为公子洗尘！”长兄禽接着说道。

只见那熊部族公子慌忙立起，双手拱起，恭恭敬敬作了一个揖，颇为不安地回敬道：“公子不才，因族内局势动荡，不得已逃难至此，贵国能容纳我，实属感恩不尽，哪能还被如此礼遇！真乃惭愧之至！”接着，为表诚意，他一挥那宽大的袍袖，掩着鸟身玉尊，便将一杯清酒一饮而尽。这为王宫今晚的欢宴拉开了序幕。

在觥筹交错之间，公主蝶静静地观察着熊部族

---

① 原型为新石器时代大汶口文化遗存。莒县陵阳河遗址出土。双錾（pàn）白陶鬶（guī）是用夹砂白陶制成，椭圆形口，鸟喙形流上翘，颈部细而高，腹部微鼓，三袋足；背部安双带式錾，錾各饰三条凹线，腹中部饰一周附加堆纹，后部饰一短尾；其上有小圆饼形，器形如鸟展翅欲飞状。

公子，那双透彻睿智的眼睛，少年的眼睛，在闲暇时也不经意间向自己这里凝望，对公主蝶浅笑着，那笑容里，流露出一点儿落寞，一点儿忧伤。

那种笑，是一个少年人经历了沧桑哀痛的笑，让人心疼。

只是，在这热闹气氛之间，唯有熊部族公子白觉察出了一点儿端倪：在所有人使用的鸟状玉尊之中，唯有公子禽用的那个鸟玉尊上带有一个“十”字形状，这是一个部族首领的标志。而公子禽贵为部族的长子，理应是顺理成章继承王位的，难道他想提前谋反不成？可是，他也思量到目前自己陷于危难的境地，虽说是在自己的亲戚家寄居，但毕竟也算是逃难到异国他乡。虽然在他幼年时曾对鸟部族神往过多次，但这次来的意义毕竟不同于幼年的探亲玩耍。很多事情不是自己可以管束的。

暗夜里，阴云像惆怅的心事密闭在熊部族公子白的心间。他身为父王的长子，却被他的几个同父异母的弟弟们谋害，他们一起诬陷他想篡夺王位，让父王竟然对他起了杀心，他才不得不逃难也可以说是逃命至此。他真的是不甘心呢！他相信父王只是一时被他们的谗言蛊惑了，他相信总有一天真相会大昭于天下,那就是他争夺回熊部族的王位之日。天将降大任于斯人也，必先苦其心志。想到此，公子白久不能寐，便披衣出门。

此时，王宫的夜一片静寂。偶尔有虫在屋檐下鸣叫，才打破天籁。

“七月在野，八月在宇，九月在户，十月蟋蟀入我床下[①]。”公子白独言独语道，“如今已是八月了，待到十月，也就是我归国的日子吗？”

身在此，心在故土。这样的日子于公子白像是煎熬。初秋的夜空寂寥空旷，空中充斥着甜蜜蜜的桂花幽香，不远处，几棵像是从月亮上沉浮下来的桂花树摇曳在月光下，扑朔迷离般诉说着鸟部族宫

---

① 出自《诗经 · 豳风 · 七月》。意：七月蟋蟀野外鸣，八月屋檐底下唱，九月进到房里面，十月来到床下藏。

阙的神秘。公子白素来为人谨慎，虽来鸟部族数日，却并不曾四处游走，熟悉宫中的每一处景致，而是每天待在书房里，研读兵书及经世致用之书，忍受寂寞，心存使命，不敢荒废倦怠时光。

此刻，正待公子白冥想之时，一只蟋蟀闯入他的视线。说来奇怪，那只蟋蟀叫起来，声音大如洪钟，在深夜里越发清晰。而且这只蟋蟀与别的蟋蟀不同，它还有一双硕大的翅膀，它叫一会儿，又飞一会儿，还不时回头望望公子白，像是在看看他跟上来了没有。公子白心生好奇，便紧跟其后，至一湖水边，那只蟋蟀忽然跳进山石的夹缝中，消失不见。公子白这才发现只顾着看那只蟋蟀的踪影，倒是忘记回去的路了。他举目看了看四周生疏的王宫，倒吸一口冷气。夜半微凉，他只好在湖边坐下来，举目望明月。思家的人都会望月亮，或许是因为月亮是有灵性的吧，天地宇宙万物都是有灵性的。正待他忘情地观看时，一只白色的苍鸟像一阵突如其来的闪电，从天空俯冲直下，翅膀掠过湖岸，在他面前停立了下来。

“去找公主蝶吧！帮助她！”

“你是谁？”公子白追问道。

“叫我风……”大鸟发出苍茫的声音，然后又如白色闪电般，飞驰而去。

湖面又恢复了寂静。偶尔一只小龙儿像是从沉沉的梦中被惊醒，露出水面吐了吐泡泡，又发现天还不亮，便又沉入水底熟睡去了。

公子白兴奋而又好奇地循着来时的路途一路折回，待到回屋，已是凌晨时分，他似乎真的感到疲倦了，便恍惚睡去。正待他即将睡去之际，却发现那黑色的檀木窗棂上有一个银色的影子在上面一闪而过，像一个人影。他拿起刚刚放在床沿上的剑，猛一推窗，将剑瞬间刺了出去。不料，除了满园的银灰色的月光，只是一片空寂。公子白小声嘀咕了一声，摇了摇头好让自己清醒一些，以为那是长久以来因奔波劳顿而困乏至极的幻觉，便又将窗棂合上，安然进入梦乡。睡梦中，他又梦见了那只苍鸟，从天际滑落……

是夜，公主蝶也辗转反侧无法入睡。直到三更时分，她才进入梦乡。梦中，那只白色苍鸟也神奇地出现在她的梦中，告诉她："去龙泉边等我。我是风。"待公主蝶还要再追问什么，那只苍鸟已消逝不见，她被惊出了一身冷汗。忙唤素素倒来一杯水压压惊。

公主蝶想来，甚觉奇怪：她每天早上都会去龙泉给龙儿喂食呀，怎么那只梦中的苍鸟却让她在龙泉边等她呢？难道有什么特别的神旨？

龙 泉

次日一早，公主蝶依旧提着她的小篮子来给龙儿们喂食。

忽然，水中倒映出一个人影，那个人影在水中晃动着，朝公主蝶笑着。

一只白色的大鸟从水上低鸣着掠过。

“风！”那个人影叫了一声。

只那一声“风”，让公主蝶内心战栗不已。风！正是夜里梦中的那只苍鸟呀！谁？竟然也知道风？知道我梦中的风？

可就这一声“风”，让晓蝶差点从树上摔落下来。她担心公主蝶会看到她，可是，她多么希望她能看到她呀！但是，她明白，她们是隔着时空的，她不能与她相认，只能在隐蔽处默默地看着对方。可是，“风”怎么也在这里出现了呢？难道，它掌管着前世与来生？

公主蝶此时也循着那个声音望去，好在她没有发现树上的晓蝶，只是发现了那水中晃动的人影，是熊部族公子白！

公子白从龙泉的树荫后走出来，像是早有预备一样地侃侃而谈着。“这片泉子里的泉水清洌甘甜，饮之如甘露。据说在远古，这里还有仙女出没。这里曾住过善良的仙女，她们用这泉子里的水救过善良人。”熊部族公子白坐下来，与公主蝶娓娓道来。

不过那一瞬间，他好像知道了公主蝶内心所有的秘密。

“呵呵，公子说的仙女恐怕就是我们鸟部族人的老祖母吧！这里曾是我们的老祖母照镜子的地方。她的名字叫皇娥，她本就住在这片美玉建造的宫殿里，她夜里纺织，白天乘木筏游在长着穷桑的水滨。穷桑，即生在西海之滨的一株高大的桑树，直上天际，叶为红色，桑椹是紫色的，一万年才能成熟，人吃了长生不老。有位容貌绝世的神童，自称是白帝的儿子，从天上降临水边，与皇娥游玩，他们奏起优美动听的音乐，在木筏上漂游，有一次，竟因为玩得尽兴而忘了回家。神童与皇娥泛游于海上，用桂枝做桅杆，纺织香茅当作旗帜，用玉石雕成鸠鸟安装在桅杆顶上,因为鸠鸟知道四时的风向，它们像风一样灵敏。所以，鸠鸟（伯赵）就成了司至的官，也就是主管春分和秋分的历官。后来，皇娥生了我们鸟部族最早的部族首领少昊，便号称穷桑氏。在生产少昊的这一天，有五只凤凰，颜色各异，是按五方的颜色红、黄、青、白、玄而生成的，飞落在少昊氏的院里，因此少昊又有一称号为凤鸟氏。

“皇娥和神童为了纪念他们的爱情，便从海之滨撷取了一片穷桑的枝子，嫁接在这池泉边。将穷桑之滨的水撷取散落在这泉池里。于是，这里便被称作仙女池，因为每年的泉池里都会开出柔荑花序的穷桑之花。”公主蝶认真地向熊部族公子白补充道。

“好美丽动人的故事！”公子白感叹道。

“听说公子是逃难至此，看来也是有不得已的苦衷吧！”公主蝶关切地问道。

公子白回道：“你知道吗？我这次逃难至此，不仅仅是逃难，是母后让我来此寻找我的命运之神的。母后说你们鸟部族是一个神奇的部族。她说她在生我的时候就梦见了你们的祖先——一只莹白色的神鸟，自此，她就认为我的命运与你们鸟部族有着神奇的关联。母后认为这一切都是命运之神的安排，而这命运之神的奥秘就要让我来鸟部族才寻得到。只可惜母后离世得早。”公子白说到这里，又意味深长地停了片刻，脸上带着不易觉察的悲伤，便又接着说道：“从我很小的时候，我就喜欢看天空，看苍穹，只待空中飞过一只鸟，我都喜欢把它想象成是神鸟派来看望我的，便觉得十分亲切，便觉得冥冥之中有我的一位命运之神在掌管着我，我需要去寻找他，找到我生命的奥秘。”

公主蝶认真而同情地听着公子白的讲述，若有所思地点点头。

公子白感到了公主蝶的真诚，便又继续道："就比如说我，本来贵为熊部族的公子，在很多人眼里，我们有着高尊的地位，享不尽的荣华富贵，而实际呢，他们很难想象，我们却也会过着逃亡的生活。所以呀，很多事情，并不是如人所想，也如人所愿，这就是我想要找到命运之神的缘由！或许这也是母后当初让我寻找命运之神的初衷吧！目前，我想知道我该何时才能返回熊部族，完成我的大业，男儿在世，虽不为一世功名，但也要在漫漫历史长河中留下些什么吧！"说着，公子白忽然拨出了腰际剑鞘里的剑。那柄剑，发出莹白色的光芒，看上去，不是一把寻常的剑。只抽出来一恍，公子白又将剑迅速地插回去，似乎刚刚是在表白他要返回熊部族完成大业的决心。剑出鞘，似有君子一言，驷马难追之意。

公主蝶先是被那柄不同寻常的剑唬了一下，待明白了公子白的意图，便又故作镇静地追问起来："命运之神？每个人都有一个命运之神吗？"

公子白道：“我想是的。很小的时候，我便跟着宫里的一个巫师学过一些占卜的巫术。如今，我也要对我的命运有一次占卜和拷问了。男儿在世，不能挥霍度日，虽然在这里的每一天都是那么安然静寂，但是，战争，还会从不远处打来。瞧，您的父王，目前也正在招兵买马，为了战争做着准备。不久，别的部族就会攻打过来，我也要回我的部族，完成我的霸业！”

“战争，那是离我多么遥远的事情呀！我虽然还没有经历过战争，但是我莫名其妙地惧怕它。我喜欢安然静寂的生活。我喜欢这里的每一片土地，这片生我养我的神奇的土地。我希望这里的百姓都能过上安顿的日子。总之，战争不属于我，也不属于他们！”公主蝶幽幽地说。但是，从此，“命运”这个词便在公主蝶心中扎下根，让她也有了探寻命运之神的欲望，而那只神奇的白色大鸟，则好像要在她的生命里涂画着命运的轨迹。而这种探求又被她对熊部族公子的好奇牵扯着，让她想和他一起去探寻。

公主蝶早就猜测到这只大鸟不会无缘无故地闯入她的生活，更不会无缘无故地在夜晚借着梦境跟她说话。因为小时候她就听祖父说过，他们鸟部族的神灵就是幻化成了鸟儿跟他们在梦境中对话的，然而，神鸟一旦在梦境中出现，那么这个人就要担负不一样的使命——拯救鸟部族的使命，如今战争频仍，难道，这鸟部族的命运真的与她有关联吗？

三日过去了，公主蝶一直没有在龙泉边等到什么神旨。熊部族公子白亦然。

然而三日过后的一个清晨，像有预感一样，公主蝶迫不及待地换上衣服，跪拜完父王母后，便急匆匆来到龙泉边喂龙儿。令公主蝶没有料到的是，熊部族公子白已经着一身狩猎装束等候在这里了。

他们心照不宣地相视一笑。

忽然，随着一声低鸣，那只叫风的白色苍鸟终于出现了，它的羽翼像箭一般凌厉地划过水面，紧接着，水面上倒映出了一个“旦”字形状的图案。

那图案最上方是一个圆的太阳，中间是一片云块，下面是五个指头形状的山峰，而后，那图案又慢慢地幻化凝固成一枚玉蝉。

见此，公子白几乎惊呼起来。

“啊！”公主蝶惊呆地看着水中的倒影，“这不就是五楼山上的那个屋楼春晓图吗？”

鸟部族人都知道屋楼春晓图。这是他们的祖先为他们流传下来的秘密。

“屋楼春晓图？”公子白大呼。他以前就听母后提起过。

正在此时，水中一只小龙儿游过来，摆了摆尾巴，将这枚玉蝉驮至水边。公主蝶顺水取来，惊喜地喃喃自语：“龙儿，龙儿，你们真的是没有白费了我的一番苦心呢！风，风，这就是你的神旨吧！”

公子白忽然站立起来，神情肃穆地看着这颗带有“旦”字图形的玉蝉，对公主蝶说：“或许这里面就藏着命运之神的奥秘，走，去五楼山！”

“要集齐三种植物，才能到达五楼山……”白色苍鸟在天空盘旋，发出苍茫的回声。或许，它根本就没有离开过他们。它一定知道一切的答案吧。难道它就是每个人要寻到的命运之神吗？公主蝶和熊部族公子白心照不宣地想到。

为了不惊动父王和母后，公主蝶回宫与丫鬟素素互换了衣饰装束，并且让她佯装自己躺在床榻上睡眠，以好遮掩他们的这次出行计划。而这次计划，公主蝶相信是得到了神旨启示。她要为了鸟部族的百姓、鸟部族的命运，与熊部族公子白踏上寻找命运之神的旅途。

初秋的天边辽阔高远，远处飘起了歌声：

去洛河吧，洛水之滨

你会看见那命运之神，那光明

…………

一股悠扬的旋律响起来，风的羽翼又一次划过，将天空划得澄明。天边的云像柳絮般轻漾，又像白色翼羽一样洋洋洒洒蓬松地铺漫至天边。秋叶开始青涩地生长着。

前行中有一樵夫，问道得知他凑巧去往洛山，他们便跟着他亦步亦趋地前行。洛山北面就是洛河。

洛山高二十四丈，山上有洛山寺，依山而建，错落有致，晨钟暮鼓，香烟缭绕……每当夕阳西下之时，登山下观，樵夫荷担，牧童扬鞭，总是一幅迷人的农家晚归图……每至清明时节前后，大雾迷漫的早晨，附近便能听到“梆梆”的敲木鱼声。那是鸟部族人为了纪念或是思念祖先而举行的仪式。

这些都是父王曾经描绘给公主蝶的场景。而这些场景足以让公主蝶心向往之了。

青荇

自然，山中的植物是最多的了。

对于山中的野菜，公主蝶也是熟悉的。公主蝶的祖父曾研究过医术。他的案头总会放着一些药书。在公主蝶很小的时候，祖父便时常对她说，好多植物都是可以入药的，不能小觑。

他们在山中行走着，待到正午时分，已是烈日炎炎。初秋的阳光尤其在正午时分炽烈异常。

“山中有青荇，山中有青荇……”一个黑色的魅影在山林中穿梭来去。

“是山魅吗？”公子白感到有些异常，他警惕地抽出了宝剑。

“什么是山魅？”公主蝶心中有些恐惧，紧随公子白身后而行。

“一种山鬼。”公子白警惕地回道。只见他的宝剑上还泛着冷冷的光。

可是，他们又绕着山大约走了半圈，那山魅又寻不见了。

正午的太阳开始向西方偏斜了。他们着实走累了，便想停下来歇息片刻。

“好渴呀！”公子白慨叹着，将宝剑又插回剑鞘。

“我也是，好渴。可是四处没有水。”公主蝶回道。

正待此时，一股黑色魅影又在树林中像一阵黑烟穿梭起来，只隐隐地又听见：“山中有青荇，山中有青荇……”

忽然，公主蝶忘记了害怕，她好像想起来一种植物：荇菜。荇菜，属于龙胆科多年生草本植物。自古以来除供食用外，又作药用，其药效为消渴。

而祖父也经常用荇菜来训导族人，行世要有清澈之心。“荇菜所居，清水缭绕。污秽之地，荇菜无痕。”公主蝶竭力地回想着祖父的话。

“荇菜，书中说可以在嫩芽初上、新叶正酣的时候，采摘了来食。想来是既好看又好吃的自然田园里的美味吧。”公子白补充道。

正待他们思索的时候，公子白又将剑抽了出来，向着出现山魅的那片山林走去。公主蝶心中有些恐惧，只好紧随公子白也向那片山林移动。

“山中有青荇，山中有青荇……”只见那山魅又像一阵黑烟绕着山中的林子转圈圈，旁若无人一般。

公子白屏住呼吸，躲在一棵大树下，只待那山魅又化作一缕黑烟绕林而行的时候，他就将宝剑冲着那缕黑烟猛劈过去，只听一声“啪啦”，像是什么被折断的声音，但见一棵大树应声倒地。熊部族公子和公主蝶慌忙跑到倒下的树旁想看个究竟，忽然一片黑烟迷漫过来，遮住了他们的眼睛。

片晌，那黑烟才散去。只是，那山魅的声音又响起：“山中有青荇，山中有青荇……”

那股黑烟裹挟着树林中的树叶沙沙作响，只见树林中突然一阵黑云密布，风沙乍起，公子白和公主蝶就被风沙迷了双眼。霎时，山林中四处都充斥着一个声音：“山中有青荇，山中有青荇……”那声音像一大片蚊虫嗡嗡作响铺漫在林间。

于是，公子白和公主蝶循着那声音继续向前追赶。忽然间，公子白的那柄宝剑自行从剑鞘中飞了出来，向着发出那声音的方向猛然劈去，只见空中升起一道冷冷的光，像闪电一样亮了一下，便发出“垮嗒”一声，像水流出来的声音。一道河水忽然流淌在前方，那宝剑竟然劈开了一条河道，那黑烟已经消逝不见。

眼前汩汩流淌着的，竟然就是洛河！难道那洛水原本是藏在那山魅的肚子里吗？公主蝶和公子白惊奇地发现，这里水河清清，他们在河岸俯下身。公主蝶便把那块“旦”字状的玉蝉放在河水中轻轻一拂，那块玉蝉便像唤醒了生命有了灵性一般，在微漾的波光中悸动了一下，更加晶莹透亮起来。公主蝶顺水取出玉蝉，却见那枚玉蝉上已幻化出了一个明晰的线路图，在线路图的末端，仍旧直指的是五楼山。

他们一会儿对着洛河的汩汩水流看着，一会儿又面对面地看着，思索着风说的那三种神奇的植物。

这是洛河的水，纯澈之水！莫非那山魅是想诱惑我们来此寻找什么？青荇！公主蝶揣度着。

公主蝶正想着，只见一垂头散发的老妪忽然停立在眼前。

那老妪一动不动地立在那里，沙哑着嗓子，对着公子白和公主蝶说道："那山魅把洛河的水吸光了，吸光了洛河的水，他又来吸这山里的水气，眼看着把我们这些老树的水分都咂光了，它还要把这山吸为旱地。幸好你们打此路过，把这山魅给除掉了，我代表这里的树木生灵要感谢你们。因为除掉了山魅，我们这里的树木就都能得救了，洛河也有水了，这片大山也得救了。"

“那山魅为什么总是在山中寻找青荇呢？”公主蝶追问道。

“这山魅原是一个喝不够水的枯魂精，只是，这洛河的水和大山里的水都被他吸光了，他还焦渴得不得了，所以，他还要去继续寻找水源，而有青荇的地方就有水源呀！”老妪继续沙哑着嗓子絮絮叨叨地说道。

“原来如此。那这山中有青荇吗？”公主蝶继续追问道。

老妪回道：“能寻得青荇之人，要有一颗清洁的心。我这里有一颗千年松子，是我结的第一颗果实，让我珍藏了上千年，足以吸取了千年的日月之精华，作为报答，我把它送给你们。待吃了这松子，它就会保你有一颗清洁之心。还有，你过来，我再教你念一个咒语，那青荇才会自动地浮上来，因为你们毕竟寻找的不是普通的青荇，而是要帮你们完成使命的有魔力的青荇。”说着，老妪将公主蝶单独叫到一边，口中念念有词起来：

参差荇菜，左右流之。[1]

………

参差荇菜，左右采之。[2]

………

洗濯的叶子，洗濯的叶子，光滑像荇菜，光滑像荇菜……

说完这些，那老妪竟然不见了，唯有一棵粗壮的千年古松树屹立在水边。树下，还有一颗像板栗一样大的松子。那松子外面包着硬硬的壳。但见公子白用宝剑的尖儿轻轻一触，那壳就嘎然裂开，从里面露出了一个五彩的豆粒般大小的松子仁。公主蝶俯身将那松子仁勇敢地吃了下去。

忽然，耳边响起一阵巨大的水流，湍急的河水

---

① 出自《诗经·周南·关雎》。意：长长短短的荇菜，左边右边不停采。

② 出自《诗经·周南·关雎》。意：长长短短的荇菜，左边右边不停摘。

从洛河的上游流下来，冲击着一块伫立在水中央的像洞口一样张着大嘴巴的岩石。

“会不会是有龙游出来了？听声音，一定是只巨龙吧！”公主蝶既紧张又兴奋地问道。她从来没有见到过巨大的龙。听父王母后说过，巨龙是可以将人吞噬掉的。她惧怕地紧紧躲在公子白的身后。

公子白将手一挥，示意公主蝶不要作声。他冲到前面，将公主蝶掩护在后。瞬间，他用腰间的剑劈开了一道水流，像是使出了洪荒之力逆流而上，掀开了塞住岩石洞口的一块顽石，一股清冽的甘泉便流出来。巨流的声音霎时变小了，紧接着，一小片一小片叶子便神奇般地从洞口涌出。

恍然间，风从天空飞下，用羽翼划了一个弧线，便又箭一样飞去。

公主蝶见状，便明白了风的语言，大声地向着正游回来的公子白叫着：“是荇菜，是荇菜！”便立马唱起方才老妪教给她的咒语：

参差荇菜，左右流之。

………

参差荇菜，左右采之。

………

洗濯的叶子，洗濯的叶子，光滑像荇菜，光滑像荇菜……

但见那叶子飘飘然然地滑向岸，公主蝶伸出手，五束光滑的荇菜便簇拥到公主蝶的手心里。

公主蝶喜上眉梢地捧着那五束青荇，回头望了望那水边的千年老松树，与公子白会心一笑。

这时，天空又出现了一个声音：“还要找到一种花，纯洁之花。”风说。

舜

他们循着玉蝉指引的方向来到历山下。

山下是一群顶着木槿花冠跳舞的女孩们。远远看去，像一团簇动的花的火焰。

“那不远处就是木槿花田吗？”公子白兴奋地问道。

公主蝶警惕着说：“小心四凶！他们害木槿仙子之心不死呢！”

公子白还想弄清楚什么四凶，正待想追问的时候，却被那几个跳舞的女孩们围拢住。那些女孩和公主蝶差不多的年龄，她们纷纷围绕在公子白的身旁舞着，试图将公子白与公主蝶隔开。她们穿着花儿一样妖冶的衣裙，每个人的头上顶着一株盛开的木槿花。四处顿时充斥着木槿花的味道。

她们围绕着公子白不停地舞着，使得公子白和公主蝶无法靠近。忽然，公子白只觉得眼前一阵晕眩，差点踉跄倒地。

公主蝶看势不好，便反应过来，慌忙喊叫了一声：“大胆四凶，竟敢来此阻挡我们鸟部族人的神旨，哪里逃！”

说时迟，那时快，却见公主蝶将玉蝉从袖口中拿出来，向着天空喊道：“风，风，快来拯救我们吧！”

却见那玉蝉忽然从公主蝶手中跌落在地，变成一只巨蝉，它伸展开翅膀，扑进那些围绕着公子白跳舞的女孩们中间。

它扑簌着翅膀飞进来，那翅膀像箭一般凌厉，发着寒光，直逼向那些仍旧围绕着公子白跳舞的女孩们，只听一个女孩忽然大叫道：“不好！快逃！”紧接着，这几个女孩子忽然变作了四头怪兽，伺机从山坳间溜走！

“哪里逃？”却见公主蝶忽然念起了咒语：

有女同车，颜如舜华。

将翱将翔，佩玉琼琚。

………

有女同行，颜如舜英。

将翱将翔，佩玉将将。[①]

然后又唱道：

有位姑娘和我在一辆车上，脸儿好像木槿花开放。跑啊跑啊似在飞行，身佩着美玉晶莹闪亮。

………

有位姑娘与我一路同行，脸儿像木槿花水灵灵。跑啊跑啊似在飞翔，身上的玉佩叮当响不停。

如若你是木槿花就赶紧现形，如若你是妖怪就留下性命！

却见那四凶听到最后这句咒语，顿时化成四股

① 出自《诗经 · 郑风 · 有女同车》。

烟，不见了去向。

“这方才是怎么回事？我只觉一阵眼花，有周身的力气却使不出来，像是被迷了魂一般。那四凶又是何许物呢？竟然变作女孩子来哄骗我们。”公子白一副惊魂未定的样子，像是刚刚清醒过来。

“他们就是为了阻止我们前行的计划。得知我们要来寻木槿花，所以变作木槿仙子来哄骗我们。这四凶，当年已被我们鸟部族的首领虞舜所驯服，却不曾想，竟然还精魂未散，依旧是垂涎木槿仙子之心不死。我敢判定，木槿花田就在附近了！”公主蝶判定道。

“何以见得呢，公主殿下？”公子白问道。

“你想想，那四凶垂涎木槿仙子之心不死，那他们一定蛰伏在离木槿仙子不远的地方了。”公主蝶笃定地回答。

“那方才你的咒语如何起得了作用？他们又为何想来干扰我们的计划？”公子白仍旧有些不解。

“这是唱给木槿仙子的歌谣，如若对方不是木槿仙子，那就会原形毕露，这歌谣就是让他们原形毕露的咒语。因为这咒语里面有我们鸟部族首领虞舜的名字，他的威力还保留在这咒语里，他的灵魂还在护佑着我们。我想，若是四凶，一定是惧怕虞舜的，当我念到这咒语，他们必然原形毕露，四散而逃。我们在宫中长大的孩子从小就会跟着巫师学习这些咒语，为的是让我们都有自我保护的能力。而且，这也是我们鸟部族的传统。

“而他们之所以来破坏我们的计划，则是因为他们对于我们鸟部族的首领虞舜心怀不满，所以也想报复我们鸟部族。”公主蝶解释道。

“可这花为何叫舜呢？”公子白问道。

“让我从头给你讲起吧：舜是我们的先人，也是我们鸟部族人最有成就的领袖，他就是鸟图腾的化身，传说他是鸟头人身的天神。曾耕于历山，陶于海滨，渔于雷泽。也就是说，舜历山而耕，靠河居住制陶，在湖湾大泽中渔捞。

“上古时期，古帝丘东有一丘陵，人称历山。

这历山脚下长着三墩木槿，高若两丈，冠可盈亩。每至夏、秋，花开满树，烂漫如锦。

“一年孟秋时节，号称‘四凶’的‘混沌’‘穷奇’‘木寿机’‘饕餮’也前来历山观光。见此美景，他们顿生歹意，妄图移去据为己有。于是，‘四凶’在历山展开了一场争抢木槿的争夺战。‘四凶’及其手下人丁，各个打得头破血流，终于把三墩木槿刨倒了。说也奇怪，木槿树一倒便迅速枯萎甚至花殒叶落。‘四凶’见此光景，料想取回亦难成活，便一个个垂头丧气地离开了历山。

“正在历山带领农夫耕作的虞舜闻讯赶来，他招呼农夫把三墩木槿扶起，并汲水浇灌。奇迹出现了：三墩木槿枝叶顿活，花开如初。

“木槿仙子为报虞舜活命之恩，取舜为姓，以示纪念。因此，木槿花有了一个古老的名字——舜，俗称芙蓉花。以做报答虞舜的纪念。”公主蝶又补充道。

“原来如此。我只知木槿花又名舜，却并不详知这里面还有如此多的故事。”公子白笑道。

“能与青荇相衬的花，应该只有木槿花了吧。在我们鸟部族，它被象征为仲夏夜的梦之花，朝开暮谢，却并不忧伤。因为木槿花里藏着的不仅有记忆里久远的美丽，还有鸟部族的女孩子们时常期盼的永存幸福的祈祷。艳丽的花融在绿叶里，和谐有致，颇有高洁之姿。”公主蝶补充道。

“这么说来，那木槿花就是纯洁之花了。”公主白欣喜道。

公主蝶正思索着那四凶是否还会偷袭来时，忽然眼前一亮，原来她兜里的玉蝉掉落出来，等待她捡起来的时候，那石头上的“旦”字却幻化成一片分散的羽毛，待羽毛渐渐合拢起来，又汇成一根羽毛的时候，奇迹又出现了，那只羽毛变成了一根指南针。他们看了看日头，发现这根针直指南方。

难道这是神旨告知我们前面道路该走的方向？正待他们狐疑的时候，风一对白色翅羽又在上空浮现，并且轻轻打了个旋儿，也往羽毛针所指的南方飞去。

“南方？难道是南面的马鬐山？那里一年四季开着木槿花呵！记得父王有一次秋天狩猎的时候，就带我去过那里。”公主蝶像一下子从梦中醒来，暗自庆幸自己怎么会有如此好的记忆力。

于是公子白内心笃定，拽着公主蝶就向南方飞跑。需要多远的路呢？公主蝶看来是累了，除了怀里抱着的荇菜还是青翠欲滴,整个人儿都好像蔫了。

公子白看了看前面的路，也觉有些漫长，天也渐晚了，他们如果再前行，路上会不会还得再找地儿歇息呢?

“公主不知累否，路途还远，我们不如就近找个地方歇息。”公子白提议道。

“继续走吧，追寻四凶，事不宜迟！”公主蝶催促道。

浮 丘

为了寻找四凶，证明四凶不再侵害到木槿仙子们，他们还是昼夜不舍，一路狂追。

只听得公主蝶连声唤着：“风，风！”却见那玉蝉渐渐放大，落地幻化成一只大蝉，载着她和公子白如疾风骤雨般扑向浮丘。

难道那四凶逃到了浮丘？这是一个四周静谧的寺院。寺院里有一座山名作浮丘，还有一个校经楼。那楼内住着一个平素爱诵经的沙弥和他的师父。

“小师傅，有没有看到过四凶逃往至此？”公主蝶的眼神依旧在寺院里四处搜寻着。

“并没有听说过这里闹四凶啊？”那小沙弥一脸稚嫩懵懂地摇了摇头。

可是，果然那四凶逃进这里来了！

“看，在仙树那里呢！”公主蝶忽然伸手指道。

但见那四个怪兽正在撅着屁股狠命往一棵大树

里面钻，想寻求掩护。

“这明明是一棵银杏树，虽然长得庞大，枝体繁茂，可也还是银杏树啊，为何叫作仙树呢？”公子白不解地问。

“公子不知，这是仙人所种之树，无须浇水施肥，它的根下自然有一个天然的泉子。而且，这树非常有灵性，它能听懂人语，能辨别是非，为善良的路人自然撑开绿荫之伞以遮风避雨，所以也称作仙树。”公主蝶回道。

看这浮丘，位于鸟部族领域的西面，有三峰鼎峙，拱卫相连，龙盘虎踞，逶迤连绵……确实是一番美景。

他们来不及观赏景色，为了找到四凶便直奔仙树而来。

那四凶见仙树不能收纳他们，便又开始了破坏的工作。只见他们铆足力气，哈着腰，竖起头上两只长长的角向着仙树拱去。

眼看着仙树有被撞倒的危险，这时，只听得天空中一阵嗖的声音，风的苍白色翅羽像闪电般发出白色的电光直冲四凶而来。那四凶见势不好，便慌忙躲闪，四散而逃。

“哪里跑！”公主蝶和公子白已经赶到。却见公子白夺出宝剑，冲着四凶逃跑的方向就是一阵乱砍，那宝剑发出幽幽的寒光，让公主蝶都感到寒气袭人。

可是，那四凶还是在他们的眼皮底下逃窜了。他们一路追赶到浮丘上的㖿鸡岩，这里有一块会唤鸡的陡峭岩石，顶部稍向前倾斜。下过雨后，岩石顶上往下滴水，滴滴答答，如同乡间老妪唤鸡的声音。每当这时候，那栖息在树林中的山鸡，还真的从四面八方飞过来，蹿上跳下，追逐打闹，山公鸡在岩石上打鸣，山母鸡在岩石底下下蛋抱窝。岩石四周茂密的松柏林，成了山鸡的天然保护屏障。

“去找到天书宝匣吧！在浮丘洞里。”那只白色苍鸟落下了话，便又飞逝而去。

“天书宝匣？浮丘洞里？”公子白发问道。

“是的，公子。这要追溯到浮丘公。在轩辕黄帝时期，有一次轩辕黄帝率领容成子和浮丘公到黄山采药炼丹，仙丹炼成后，他们各自偷吃了几粒，就乘着龙飞上天去，在天宫过起了神仙的日子。住的是琼楼玉宇，吃的是珍馔仙肴，喝的是琼浆玉液。

“可是，有一天，夜深人静之时，天庭中众位神仙都入睡了。浮丘公一骨碌从玉床上爬起来，趁着把门将军酒后进入梦乡，起身要走。这时候，浮丘公突然想起，既来天宫一回，总不能空手而归，但将一部仙书宝卷带下凡间，返回了浮丘。便将这天书宝匣藏在翙鸡岩下的鸡窝里，自己躲进山后面的石洞中——这山洞因此得名‘浮丘洞’。

“待天兵天将追寻而来，却突然听到翙鸡岩上山鸡熊鸣，天快亮了。天兵天将们心里明白，一旦东方破晓，他们就回不了天宫，将会化作一块块岩石，永远立在山上。想到这里，再也不敢拖延时辰，就急匆匆返了回去。那天书宝匣也就没被带走，永久留在了浮丘中。”公主蝶讲述道。

正在他们找浮丘洞找得辛苦的时候，却见迎面走来一老一少。公子白一时紧张，赶紧掏出宝剑，准备随时向那两个人发动进攻。

“且慢！公子！他们也有可能不是四凶变成的人形呢。”

“何以见得？”

“因为你听他们口中所吟唱的，就知道他们应该不是四凶。”

但见那一老一少配搭吆喝着从浮丘下走来，只听那老人唱念着：

鸡栖于埘，日之夕矣，羊牛下来。

鸡栖于桀，日之夕矣，羊牛下括。①

孩子紧跟着也念唱着：

---

① 出自《诗经 · 国风 · 王风 · 君子于役》。

家鸡进窝真是匆忙。眺望夕阳不断西沉，牛羊纷纷走下山岗。

家鸡进窝已经安顿。眺望夕阳不断西沉，纷纷下坡是那牛羊。

走近了，方才看到那老人是一位老牧人，那孩子是一个放羊娃，他们不住地念叨着这几句话，像是让黄昏降临的咒语。

原来，他们是看守这浮丘的人家。他们养羊，养牛，养鸡，在这浮丘过着日出而作，日落而息的生活。

鸡栖于埘，羊也该回圈了。公主蝶也兴奋着，跟着老人念叨着，充满了新奇感。而就在此时，走至墙垣前，只听得那老人又念唱起来：

采采芣苢，薄言采之。采采芣苢，薄言有之。

采采芣苢，薄言掇之。采采芣苢，薄言捋之。

采采芣苢，薄言袺之。采采芣苢，薄言襭之。[1]

只听得那孩子也跟着唱念起来：

繁茂鲜艳的芣苢，采呀采呀采起来。
繁茂鲜艳的芣苢，采呀采呀采得来。
繁茂鲜艳的芣苢，一片一片摘下来。
繁茂鲜艳的芣苢，一把一把捋下来。
繁茂鲜艳的芣苢，提起衣襟兜起来。
繁茂鲜艳的芣苢，掖起衣襟兜回来。

顿然间，一堆芣苢便掉落在了老人和孩子的手中。

公主蝶看着蹊跷，慌忙跑过去问道：“老人家，您刚才念的是什么植物,这种植物有什么功用呢？”

那老人竟然不理睬公主蝶，还在一味地唤鸡般

① 出自《诗经 · 国风 · 周南 · 芣苢》。

念叨着：

苶苣多多，子孙多多。

苶苣多多，威力多多。

…………

接着，等那老人念动着咒语将鸡赶进鸡圈，竟然若无其事地关上柴扉，和那小孩子旁若无人地进了屋子，不再出来。

奇怪的老人。公主蝶心想。

“岂有此理！”公子白已经按捺不住了，他提着剑，就要上前叩击柴门，甚至想和那个老人理论一番。

正待公子白抢前一步准备去叩门的时候，却忽然发现这座房子变成了一片墙垣，墙垣里面是一个鸡圈，外面竟然长满了苶苣。而方才那老人和那小孩已不知去向。

公子白和公主蝶面面相觑着，一时不知所措。难道方才那老人和孩子都是苶苣精所变？公主蝶揣摩着。

采采芣苢，薄言采之。采采芣苢，薄言有之。
采采芣苢，薄言掇之。采采芣苢，薄言捋之。
采采芣苢，薄言袺之。采采芣苢，薄言襭之。

此时，公主蝶试探着也念起了那老人的咒语。只见那芣苢也一片一片地掉落在公主蝶的手里。

而就在采完那片芣苢的墙垣旁，公子白忽然发现了一个洞口。他用剑试探着捣了捣里面，发现那是一个很深的洞。原来，那一老一少是想将他们引诱至此。

“来！公主殿下，我们又要借你的玉蝉一用了。”公子白示意公主蝶来到洞口前。

公主蝶会意，拿出玉蝉，再一次地念道：“风，风！”却见那玉蝉又渐渐变大，幻化成一只巨蝉，载着他们进入洞口。这是一个幽深的洞口。里面几乎黑得看不见任何东西。忽然，一只蟠螭从洞里惊醒过来，抬起龙一样的头，发出震耳欲聋的叫声。

公主蝶黑暗之中借着玉蝉的白光照亮，往那蟠螭叫喊的声音看去，但见一个长长的曲折的像龙但又没有龙须的动物，公主蝶吓出一身冷汗，不禁后悔过早地借着玉蝉照明，暴露了自己和公子白，让那个怪物也看到了他们。正待那蟠螭欲向他们袭击过来的时候，说时迟那时快，公子白已抽出宝剑，一道寒光对准那蟠螭便挥去……只听得一声剧烈的怪叫，那怪物像受了伤应声倒在洞穴，但仍旧翘尾抬头，不甘示弱整蓄待发一般，向着公子白怒目而视。而此时有血滴出来，一滴一滴从公子白的胳膊上滑落下来。“啊！你也受伤了！”公主蝶大惊失色，在黑暗的洞内那殷红的血却清晰可见。而此时，洞里似乎只能听到滴血声和喘息声。那蟠螭似乎也闻到了洞中的血腥味，而那血腥味却让它彻底兴奋起来，它睁大眼睛，扭动身体重新振作起来，忽然张开血盆大口，向着公子白迅猛地扑去。公子白右臂受伤了，此刻他只能强忍着痛，用左手提剑，左手虽不及右手有力，但那剑柄握在他手里，似乎依旧充满力量，只见他的左臂又挥出一道寒光，也迎着蟠螭的那张血盆大口而上。而公主蝶正在绞尽脑汁，竭力地寻找能制服这蟠螭的咒语。可因为一时的惧怕慌乱，任她怎么想都想不起来了，这让她差点乱了阵脚，但面对这性命攸关的时刻，她还是要竭力让自己保持镇静！就在蟠螭扑将过来的时候，就在它的尾部盘绕的地方，公主蝶忽然看到了一个金光一闪的东西，说时迟，那时快，只一走神的恍惚间，那蟠螭竟向着公子白的头猛咬过去，只听得一片鲜血飞溅的声音，公主蝶面容失色地大叫一声“公子！”然后便昏倒过去。等公子白掐她的人中让她醒来时，她才发现这次受伤的是那只蟠螭。而公子白也是面色煞白地斜倚在洞口，胳膊上的血涌出得更猛烈了，而那柄泛着寒光的宝剑上竟然全是血。公主蝶慌忙爬起来，从自己的裙兜里扯出一块青色的叶子，捂在了公子白的伤口上。这叶子上附有王宫里熬制的田七消毒止血粉，是公主蝶自备在身上，以防不测的，这是她长年与祖父在一起学到的经验。再见那只蟠螭已经肖然不动了，一声不响地躺在那里。只是它的身子围成了一个半圈，里面正是那个金光一闪的东西。它好像临死还在保护着这个东西？公主蝶壮着胆子凑近了看，那竟然是一个匣子。只是那匣子上别着一把坚硬的金锁，像是很难开启的样子。

“我来吧！”公子白捂着伤口跑过来，挡在了公主蝶和那蟠螭之间。他警惕地用带血的剑再一次拨动那蟠螭，唯恐它闻到血腥味还会兴奋醒来，直到确定它已死去之后，才略微松了口气，任凭公主蝶靠近它。但他一直还是心怀警惕。因为他怀疑四凶藏在这洞里面。

公主蝶似乎也从惊魂未定中清醒过来，缓步走到那个配有金锁的匣子面前。公子白已按捺不住，正在他准备举起剑将那匣子劈开之时，公主蝶慌忙喊了一声：“公子且慢！”

只见公主蝶从怀里掏出那枚玉蝉，对着那匣子喊了一声：“风，风，这是你让我们找到的天书宝匣吗？如若是，让它自己开吧，开吧！”

只见一道金光闪过，那匣子忽然在黑暗中放出一道亮光，里面横空出世般掉出来一幅厚重的浮联。

“这难道就是当年浮丘公藏匿的天书吗？”公主蝶有几分欣喜地喃喃自语道。

更为惊奇的事情发生了。但见那天书忽然从公主蝶的手中飞起来，摇摇晃晃飘出洞口，公主蝶和公子白见状也被玉蝉幻化成的巨蝉载着紧跟其后飞出洞口。

只见那天书又摇摇晃晃从浮丘上飘摇下去，在离地面不远处，又忽然化作了一幅咒，向着那四凶奔跑的方向赶去。

只见那幅咒划过天空，带出一声电闪雷鸣，紧接着尘土飞扬，沙土弥漫，像是迷了那四个怪兽的眼睛，也呛得人喘不过气之后，一座大山便从平地上堆起，却见四个摇摇晃晃的怪兽逃进这座大山里，那幅咒紧跟四个怪兽后面，忽然稳妥地贴于这座山上，将四兽封在了里面。此时，见那只蟠螭死里复活般从山洞里浮游出来，兴许是为与它守护的天书做伴，它盘山而卧，正好将山围上一匝，一动不动，自此沉睡千年。

马鬐山

玉蝉幻化成的巨蝉载着熊部族公子白和公主蝶飞上了马鬐山山顶，便将他们放至平坦处，并用翅膀为他们遮蔽了一场大雨。待到雨停后，他们醒来，才发现他们躺在雨后的山里，四周湿漉漉的，唯有他们的身下却是一片干地。不远处，散着淡淡的艾蒿香，以至于他们没有被山上的蛇虫叮咬。公主蝶醒来，环顾着四周。

马鬐山，确实犹如烈马扬鬃之势，又如卧倒的一头雄狮，威严壮丽。登上山顶，远眺黄海，俯瞰群峰，青峰滴翠，飞瀑流湍，山下静波流淌，安然静谧，如临仙境。

忽然，公主蝶眼前一亮！在不远处，公主蝶看到了一片一片红艳的木槿花田。一个农人就坐在木槿花田的山坳里。

公主蝶着急又兴奋地跑进那片木槿花田，公子白也兴奋地跟过去，他一撸袖子，竟然像个山野村夫那般跃上树，忽然，只听得一阵烈马喧嚷，整个马鬐山仿佛震动了一下，公子白从树上狠狠地跌落下来。

“哈哈，那木槿仙子高洁不染俗尘，唯有纯净的女孩子才可以摘得见。那就让我来试试吧！”公主蝶望着公子白，调皮而羞涩地笑了笑，站在木槿树下，念起咒语：

有女同车，颜如舜华。
将翱将翔，佩玉琼琚。
…………
有女同行，颜如舜英。
将翱将翔，佩玉将将。

这时，一阵微风袭来，居然吹落了五束木槿花，轻轻飘落在了公主蝶张开的手掌上，空气里袭来淡淡的木槿花香。

“啊，谢谢木槿仙子！”公主蝶捧着五束木槿花兴奋地喊叫着。

正待他们聚齐了三种植物，准备返身启程去往五楼山的时候，只听“哎呀”一声，公主蝶脚下一滑，从一块岩石壁上跌落下去。待公子白转身去寻公主蝶时，却发现公主蝶滑落的那块岩石上面竟然有画，画上隐约浮现着一个门。他本能地抽出剑顶了顶那扇门，只听“咣噹”一声，那画上的门竟然开启，公子白纵身一跃，进了画在岩石上的那扇门中。他感到越坠越深，越坠越呼吸困难，就像沉入了无边黑暗的深渊。在深深的黑暗里公子白却见一通体透亮发荧光的东西，原来那便是公主蝶的玉蝉双翅，可是公主蝶呢？于是他不安地大声唤着：“公主，你可安恙？”

那玉蝉幻化成的巨蝉像有灵性一般，听到了公子白的声音，便又转身，在降落至黑暗的过程中，翅膀一挥，又将公子白揽上了它的脊背。

当他们到达黑暗最深处的时候，忽然发现前方出现了一丝光明。原来是洞的出口！公子白和公主蝶就这样各自坐在巨蝉的一只翅膀上，嗖地向着那洞外的一线光明飞去。

当玉蝉带他们降落下来的时候，他们已到了一个泉边。

“哇！是裴泉！我们已经到达玉皇山了！这是去五楼山的必经之地呢！”公主蝶惊喜地叫道。

命运之石

而要到达五楼山，必须要经过这处裴泉。而这裴泉，也是别有一番记载：这裴泉，在当地的玉皇山下。至今这泉子还住着一种世上罕见的“龙鱼”，像是鱼和龙的结合体，并且长着龙的鳞爪和一对隐身的鸟翅膀。它的鳃帮长着一对鳍，像是两个耳朵，那身子又和鲶鳝相仿。鸟部族人都叫它龙鱼。还有人说，这泉子里的水是神水，百病皆治。而王宫里公主蝶养的那龙儿的泉水，便也是从这一泉子引流而来。

当公子白和公主蝶走至裴泉的时候，天色已渐黑，但是能听到水流声。围着泉子周围长了一圈柘树，像一把大伞罩下来似的。公子白和公主蝶走至泉边，双手合拢，他们心里默念着，一起祈愿着什么。这时，风那只白色苍鸟在暮色中隐隐闪出，在空中像披了一件漫天星辰的斗篷，紧接着，像闪电般发出了一道白光，从泉水上一跃而起，之后又飞回到天空里，藏在星辰中消失不见。而与此同时，两只龙鱼忽然从水底一跃而出，游至岸边。公主蝶惊奇地瞪大眼睛。紧接着，那两只龙鱼交头接耳地耳鬓厮磨了半天，在夜黑之前像吐泡泡一样抛出了一枚绿色石，便又沉入泉底，消失不见。扑嗒，像翅膀落地一般，这颗绿色石被轻盈地抛上岸，在一片柘树林里独自灼灼发着绿光。借着微弱的月光仔细看去，那竟是一柄绿穿孔玉铲[①]！

公主蝶如获至宝，她飞快地跑过去想捡起那块绿玉铲。可是，当她刚要走近的时候，那绿玉铲通体发出了光，一条条莹绿色光晕直射得她睁不开眼睛。她被这些光阻隔在外面。

“啊，这是钺，象征权杖的钺！啊，我晓得命

① 原型为新石器时代大汶口文化遗存。莒县陵阳河遗址出土。通体长方形，深绿色，长大约十几厘米，宽十厘米，孔径不到两厘米，扁平，顶端平整，两侧较直，通体磨光，中部微收，四边较薄，两面刃，刃部略呈弧形，上部一圆孔。

运之神的旨意了，这是我的命运之石！”公子白拿出藏在腰间的一块也像这柄绿玉铲一样大小的占卜用的龟甲，举向那莹绿色的光，刹那间，只见那光击在龟甲上，像是被吸住了一样。紧接着，那龟甲上出现了裂痕，一点一点绽开，那些光凝聚在这些缝隙里，变成了图文。“明日之君王”，公子白念着上面的文字，忽然跪倒在地：“天意，天意！天助我！哈哈，我就是未来的君王，天将降大任于斯人也！”公子白忽然双手举向天空，泪流满面。

“公主，你知道吗？这就是父王时常与我提起的绿穿孔玉铲，我父王称它为纯洁之石，它只配一个内心纯洁正直的王来使用它。否则，它会失灵的。”公子白整了整衣衫，庄严而肃穆地向着那命运之石走了过去。

“小心那光！”公主蝶大叫一声。

只见公子白已经站在了那片深绿色的荧光中，那些缕缕的光丝像拨动光的琴弦，将公子白的衣衫映照得通体透明，公子白就这样沐浴在光里，像是陶醉了一般。之后，那光渐渐收拢消逝，落在公子白脚下的，正是那柄绿玉铲，也就是象征王权的钺。

转瞬间，天地间卷起飓风，白云裹挟在落叶间，只见两只闪电般的羽翼乘空滑落，两只翅羽紧紧将公主蝶和公子白裹挟在广漠的天地宇宙间。空旷的风里，他们乘风而上。在风中，那木槿花霎时变作大大的红色蒲团，猎猎招展着开在巨蝉的脊背上，将公主蝶和公子白包裹在里面；而左右侧的青荇和茕苩，它们像分别接在巨蝉的双翼上延伸的翅膀，忽然变作无限的大，铺成了无限长的桥梁，一侧搭在马鬐山上，一侧搭在五楼山的山顶。公主蝶和公子白顺着这桥梁登上五楼山主峰的日观峰，此峰虽只海拔四百七十三米，却是鸟部族人的群峰之冠，站在上面鸟瞰四周竟也顿生“众山小”的感觉。

公主蝶与公子白以木槿花为披风，滑向山顶更深处的一处水洞中，又穿过一个溶洞，就在山顶的一处石崖下，那绿穿孔玉铲却神奇地亮了起来，那亮光直指着一个方向。而要到达那里，必须要越过一个险峻龙潭。

每到傍晚，五楼山的寺内都会传出如怒鲸吼鸣般的钟声，那钟声飘过城邑，音及浮丘。这钟声与众不同的是，别的寺庙都是“晨钟暮鼓”，唯独该庙宇是“晨鼓暮钟”。

那怒鲸吼鸣般的钟声响起的时候，那五楼山顶石崖上的天然龙潭里的龙，便会探出头颈，四面窥视，令人称奇。

而此刻，正待暮钟响起的时候，只听潭内巨浪般的声音掀起，一只巨鲸样的白龙跃出龙潭，直逼他们而来。公子白一手将公主蝶掩藏在其身后，一手拿着宝剑，却见那宝剑发出凌厉的光，挥向那庞大的龙。那龙毫无退缩，根本没有把公子白放在眼里，再看公子白的那柄剑此时却像龙口里的一颗牙齿那般渺小。只见那龙的龙须像狂风中的柳林般绽开着，张开一张莫大的看不见底的黑暗之口，怒吼着俯冲过来，激起了万丈惊涛，和着那惊恐震怒的声响。公子白一阵惊慌，握在手中的宝剑开始发颤，眼看着他就要被巨涛所吞没，被那巨大的龙口所吞噬。正待此时，公主蝶急中生智，忽然大喊着："钺，钺……"听到公主蝶在龙掀起的巨浪中的呼喊，公子白慌忙将那柄绿穿孔玉铲高高举起，水面上泛起一片刺眼的绿色荧光，那光耀得龙的眼睛睁不开，它一个腾空，从龙喉里发出呐喊，顿然间，天地之间掀起一阵昏暗的波涛，一股强大的力量像龙卷风般要把公主蝶和公子白卷走，危机之时，这绿玉铲竟然发出了绿色的奇异光，像绿宝石璀璨夺目。那光一点一点聚拢起来追在龙的身上，逐渐地，那龙停止了咆哮翻腾，只听得铺天盖地般的一声狂啸，像海浪又一次涌起，一股耀眼的白光从那绿玉铲的孔缝中如白驹过隙般钻了过去，刹那间风平浪静，那些巨浪扑打的声音也渐渐消逝，原来那条巨龙顷刻间融化为一缕白烟，消融在巨涛之中。

他们骑上巨蝉，飞越龙潭，继续向着那亮光处探寻着，终于他们到达了那处岩石附近。正待公子白欲用宝剑将那岩石劈开之时，那岩石却突然间自动断裂,从里面呈现出一幅标注着屋楼春晓的岩画，岩画上面仍旧是画有一个圆的太阳，太阳下面是云块，云块下面是象征五楼山的五个山峰。而在岩画的五个山峰的右下方，却放着一个仪杖[①]。那仪杖有着长长的柄，柄上是一个圆铜镜般的东西，上面刻有双龙双凤交尾纹。那仪杖大小可盈袖。

“记住，这仪杖会在最关键的时候拯救两个部族。要在秋分的时候，让它充分得到五楼山上秋分日光的照射，而且还要在春分这一天，将这仪杖用沭河之蓝浸染……这样它才具有拯救两个部族的魔力……”

空中再次响起了苍茫的声音。那是风的声音！正待公主蝶和公子白睁眼向风望去的时候，风已拍打着双翼飞远了……

公主蝶好像也依稀记得，在她很小的时候，父

---

① 原型为西周时期的龙凤纹仪杖。莒县店子集镇西大庄出土。

王就对她说过，在这五楼山里，有一处屋楼春晓图，图里藏有先人的秘密。人们必须靠指点，兴许才能找到这个秘密。公主蝶惊奇地问父王，这是个什么秘密呢？父王说，这个秘密唯有一块会发光的绿穿孔玉铲才可以告诉你，公主蝶再追问下去，父王便不语了。难道，一切的艰辛就是为了得到眼前的这柄仪杖？

五楼山，这里是鸟部族人离太阳最近的地方，所以也是鸟部族的先人们春秋两季观测太阳的地方，也就是观测春分和秋分之地。在春分秋分的这一天，太阳正好悬升于五楼山五峰中间的主峰上，鸟部族人在五楼山上就能看到一个大大的太阳，太阳下面的云块，还有五座山峰的峰顶，这三幅图像恰恰形成了一个“旦”字。而在春分这一天，日出山峰顶正是春播良机，鸟部族人就在春分那天举行宾祭，也就是祭祀日出和春分的来临。

而这次凑巧的是，当公主蝶和公子白到达了五楼山的次日，便是秋分。这一天的清晨，陵阳河的鸟部族人为了祈祷农业丰收,要对太阳神进行祭祀。他们早上起来，沐浴更衣，虔诚地聚集于这五楼山的高阜之处，面向东方太阳升起的地方默默地祈祷祝福，等待太阳的到来。当朝霞将东方烧得漫天飞舞的时候，太阳便喷薄而出了，一团火球跃过峰峦，高悬于五楼主峰之巅，并与相连的四峰形成了一个‘五峰衔日’的瑰丽奇观。不知哪一位智慧的鸟部族先人，便将这“五峰衔日”的奥秘记载下来，绘成一幅“旦”字图案，藏于五峰山上“屋楼春晓”这幅岩画里。而更深的奥秘，恐怕则是藏于这柄龙凤纹仪杖里吧，公主蝶暗暗地想。

于是，公子白和公主蝶跟随着祭祀太阳神的队伍，站在主峰至高点上，向着陵阳河的先民们祭祀太阳神的方向，将那柄龙凤纹仪杖迎着太阳高高举起，在无数缕神奇的阳光射过来的那些瞬间，公主蝶好像看到了无数的陵阳河的鸟部族先民们，还有沭河彼岸的龙部族的先民们向着太阳的祭拜和祈祷，他们共同祭拜着一个太阳，在很古老的时期，他们也曾属于同一个部落……那些祈祷化成了无形的能量，穿越了这柄仪杖，又浸漫了这柄龙凤纹仪杖周身。

却见那柄龙凤纹仪杖通体渐渐发亮起来，并折射出万道金色的光芒，将陵阳河岸鸟部族人们的庄稼都映得通绿剔透，万物像是着上了一层发光的绿色。

忽然，公子白大喊一声“不好”，便跪倒在地。

只见从他衣襟里掉落出那只占卜用的龟壳，在那壳上曲曲折折的裂缝上，像在诉说着什么神秘语言。

而此时的林中忽然闪出了一行人,在烈日之下，他们手中提着的刀斧明晃晃地闪着幽冷的光，之后又隐身不见。山林中又恢复了寂静。公主蝶似乎也觉察到了什么异样。她慌忙跑到公子白的身边，想去扶起公子白，隐隐中她也感到那兽壳上好像预言

着什么不幸，使她有种不祥的预感。

“嘘……”公子白暗示公主蝶不要动，自己却趴下来，用耳朵伏在地面，静静地聆听什么。半晌，他才渐渐直起身子，像松了一口气，说道：“走远了。”

“什么走远了？”公主蝶战战兢兢地问道。

“不要怕，危险已经暂时过去了。刚才我们被跟踪了。那些人应该是追踪我的一些探子。”

“探子？这儿离龙部族与鸟部族的疆界不远。”公主蝶寻思着。

“不管他们是龙部族的探子还是鸟部族的探子，他们的目标很可能是我，而不是公主您。这样就不怕了，切记你要收好你的宝物，这是最重要的。看来，我逃往鸟部族的消息还是不胫而走了。”公子白若有所思地说着。

“你会占卜？”公主蝶好奇地问道。

“会一点儿。不是跟公主殿下说过吗？本人小时候，曾经跟一位巫师学习过一点儿占卜之术。就像公主小时候也学习咒语一样，我们熊部族人从小就学习巫术。”公子白回道。

“鸟部族人这里要发生战争了，战争会因我而起，公主殿下，我得赶紧离开这里，事不宜迟！”公子白不安地跟公主蝶说道。

“什么？”公主蝶似乎不敢相信自己的耳朵。她立马收回那柄仪杖，将它迅速地藏于衣裙里，怔怔地看着公子白，那眼神里充满了失落。

但是，若是战争来了，那也无法逃避。公主蝶沮丧地想道。

公子白像是读懂了公主蝶的心思，安慰她道：“你贵为公主，以后，你要长大，你要试着去安排自己的命运，也拯救鸟部族人的命运。你可以的，要相信，命运之神一直与你同在。我会为你在远方祈祷！”

公主蝶试着去擦自己不知不觉流出的眼泪，这一切真的是太突然了！

而确如熊部族公子白所预言的那样，龙部族人以借鸟部族人掩藏熊部族公子恐有笼络熊部族以攻打龙部族人的嫌疑之名，又攻打了过来。熊部族公子白为此被迫提前返程。

临行的时候，熊部族公子白与公主蝶隔着马车凝望着。看公子白那神态，依旧是一个少年却又经历沧桑的神情，让人心疼。就像他来时那样，一点儿没有改变。公主蝶不禁对公子白有些担忧。

“等我，来年木槿花开满马鬐山的时候，我来接你。这宝剑留给你，它会保护你的安全。看到这柄剑，就如同是我在你身边了。”公子白说道。

“不，还是你带上，在危险重重的路途中你会更需要。”公主蝶回道。

“听我的，将它带在你身上，要知道，你还有比我更大的使命，你肩负着鸟部族人的命运，关键时刻它会帮助你。而且，这柄剑本来就是属于鸟部族的。”公子白回道。

“此话怎讲？”公主蝶追问道。

“这柄剑，是我母后从你们鸟部族嫁到熊部族时带过来的。而我母后又将这柄剑赐予了我。我知道，母后对故乡的思念之情都在这柄宝剑上，那就让它留在它的故土吧，同时，也把我的思念留在这里……留给你……还有，我走后，你要警惕——公子禽。”

“什么？长兄他？”公主蝶诧异而又不安地问。

“不要多问，听我的就是了。事不宜迟，我得赶路了。”公子白略鞠一躬，让马车夫掉转马头准备上路了。

“嗯”，公主蝶只好收下宝剑，而公子白的最后一句话无疑使公主蝶突然感到不知所措。她唯有将剑柄紧紧握在手中。她竭力让自己镇静，并竭力流露出像第一次见熊部族公子时那样不失礼节地低颔微笑的神情。可是此时她却管不住自己的心，她的心在怦怦乱跳，无法平息，泪水不知不觉流了出来。

公主蝶站在高高的城门，目送着一辆马车载着熊部族公子白一路颠簸，扬尘而去。渐渐地，只剩一道瘦削的背影，在山坳间低旋徘徊，从此音尘绝般消逝在旷野。

且说公子白行出城外，走进荒野之时，他忽然命令马车夫停车，自己慌忙从马车里跳出来。匆匆换上了一套熊部族人狩猎时的装束,那是一袭熊皮，中间腰部打了一个结。看上去，那装束使公子白臃肿了许多。换好后，公子白命令马车夫说，“你走吧！赶紧逃命吧！一会儿追兵会来！”

马车夫大惊：“如此，小人更要陪大人一程，是活是死，任这一条命吧！”

公子白怒吼一声：“快走！回家照顾你的妻儿老母，那可不是你一条人命的问题！你抓紧跑掉，就是活！不然，你非得死！干吗做这无谓的牺牲呢？等追兵一到，待我一人周旋倒也轻松，否则还得加上你这个累赘！”

待到马车夫还要追问之时，公子白已亲自骑在马上，掉头甩鞭，向另外的方向扬长而去。马车夫也似乎感到这里有什么危险，急急地岔一条荒野的小路逃去。

待公子白骑马驾车行至一山洞口前，天色已晚，他便打算生火做饭，准备夜黑了进洞口留宿一晚。正待他沿山间小路去寻找些柴草生火之时，忽然，一个蒙面的黑色身影立在他的面前，挡住了他的去处。

“熊部族公子，多日未见，可安然无恙？”

“你是谁？找本公子有何贵干？我不认识你！请不要在此挡道。”

只见那人缓缓地撕下蒙面的面纱，重新站立在公子白面前。

“公子禽？兄长请受小弟一拜。”说着，公子白双手作揖以示拜见。

“公子白，知你从熊部族而来，是带着使命的吧！不知这次来我们鸟部族王宫有什么收获？是否寻着些什么……”公子禽讪笑着，让人有点不知所措。

“兄长岂能不知，小弟幼儿时母亲早逝，身为长子，却又遭到同父异母的弟弟们的排挤，落魄流落至外祖母家，只图在此暂避难关，哪有什么心思连生命危机都不顾，寻找什么使命呵！”公子白谦恭地说道。

“哈哈，还记得你刚来鸟部族的那夜吗？你到了龙泉边，做了些什么？”公子禽不罢休。

公子白心想，原来，他刚来鸟部族的那夜，就已被公子禽跟踪了。他忽然想起那夜的紫檀木窗棂上一闪而过的银色影子，心中不免一阵惊慌，但他还是故作镇静：“那夜，小弟初来乍到异地，有些思乡的惆怅无法消弭，听得蟋蟀叫得心切，便出来散散心，不曾想，就这样漫无目的地追随着月亮走至龙泉边……”

“然后，你遇到了一只神鸟，她告诉你的使命……”公子禽帮忙补充道。

公子白心中一颤，心想不能再说下去了，再说下去恐怕就将公主蝶暴露了，会让她有危险！但坚决不能让她在王宫中有任何危险，便信口说道：“什么神鸟？我是熊部族的人，怎么会在异国他乡遇见他族的神灵呢？而且由他们的神灵来赐予我使命？兄长真的多虑了。”

“哈哈，别伪装了！据我的密探所知，你就是在我们鸟部族得到了一件宝物，那便是象征王权的钺！把它交出来吧！换你一条性命归去！”公子禽的眼神中忽然流露出一丝不易觉察的杀气。

“哈哈，兄长是想要那件宝物，可惜这是天意，得不到的人若强行抢夺会因此毙命！兄长还是珍惜自己的贵体为好！小弟所言句句属实！”公子白继续谦恭地说道。

“好啊！好一个狡猾的熊部族公子！你的言外之意就是未来只有你可以称霸天下，成为一代君王！而我，堂堂的鸟部族首领的继承人只能有一天被你称霸天下时侵吞是吗？而且，你还说这一切是天意？哈哈哈，好大的口气，我今天倒真要看看天意如何？”公子禽说着，一柄剑便刺穿过来。

公子白用厚厚的熊皮甩了过去，差点把那柄刺过来的剑甩出去。

公子禽感到不妙，心里还着急想在夜黑之前赶回王宫，以免他出城之事走漏风声。便不想跟公子白费功夫。他长长地吹了一声呼哨，只见又一黑衣人在不远处乘着一只巨大的鸷鸟腾空而降。

公子白知道，这鸷鸟可是凶悍无比的鸟，但是，鸟部族这些年已很少驯化使用它们来杀敌，难不成，只有一种可能，公子禽想利用这些“杀器”来谋反称王并想独霸天下？由此推断，他们想追踪他得到这柄钺便是在情理之中了。可是，眼前的险境怎么对付呢？拿出钺吧，又怕暴露使命，坚决不能将钺亲手供给他们。尽管他在路途中就占卜过这一回程上是有凶险的，但总不至于死。可是，眼前若被这鸷鸟攻击，那真是会死得没有痕迹，鸷鸟会把他蚕食得不剩尸骨。想到这里，公子白心中一阵惧怕，但他还是要故作镇静。

“好吧，让我交出钺可以，但是，请让这只大鸟退后一步。小弟从小就害怕鸟，也尊重鸟，视鸟为神物，是通神灵的，别让他们看到不洁的事物，这恐怕对兄长不利。”

公子禽听闻此言也觉得有点道理，毕竟抢东西不是神灵喜悦的事情。便让旁边的黑衣人命令鸷鸟退后一步，但眼神里依然对公子白充满了不信任。

公子白见此情状，只好狠了狠心，准备将钺交出来，心想，留得青山在，不怕没柴烧。待将宝物先给他无妨，只要天意是属于他的，依然百转千回之后，宝物还会回到他的手上。想到此，公子白于是放心地去掏那柄藏于胸中的钺。

正待钺将要被拿出来的时候，忽然，一阵巨响，从不远处公子白停靠马车的山洞里訇然爬出来一只巨大的神熊，它的腹部像一座大山的山体。它摇摇晃晃地周身闪着金光走出来，就像一座大山在移动，又像太阳的光影在一座大山上游移。那只神熊一步步向着他们走来。公子禽情急之下掏出一支箭，箭搭在弦上，“噗嗒”一声响，那箭掉在那只神熊的身上，根本没有穿透便像一茎柔草从悬崖上那般无力地跌落下来。但这一举动似乎气坏了神熊，它发怒般地吼起来，直撼得山摇地动。这时，站在公子禽旁侧的黑衣人看势不好,慌忙将公子禽拽上鸷鸟，二人乘鸟仓皇而去。

公子白见势，明白是他们熊部族的神熊来拯救他，便双膝跪地，对着神熊拜了又拜，并将那柄钺重新藏于胸中。说来也奇怪，待到他将钺收起，那只神熊也消失不见。他又拿出他占卜的龟甲，上面依旧是他将马车停至洞口时出现的字符：留宿。

公子白似乎恍然明白了什么，他继续去山中寻柴，在洞外生火煮饭，夜里便留宿洞内。次日清晨继续上路。

且说那公子禽和黑衣人夜幕降临时返回了王宫。这时鸟部族的夜空，诸多的鸟儿正开始忙碌起来，它们是在各司其职地巡夜。见到公子禽，或者王宫里的人，它们都会扑棱一下翅膀，表示亲切的问候。

回至公子禽的殿所，黑衣人悄悄在公子禽的耳边嘀咕着什么。

“什么？你说还有一样宝物在本王宫？你占卜得行吗？别出岔子呀！”公子禽不可思议地张大嘴巴。

“不过，那不是帮你称霸天下的宝物，倒是一件可以让战争停止的宝物。”

“嗨，那与本公子何干！今天这事儿干得就不顺利，还差点将性命也丢了，法师，别再来烦扰我的思绪了，本公子想静一静。”公子禽百无聊赖地说着。

“到时候发动战争之时，那宝物会阻止战争，制止我们的计划顺利进行！那会妨碍公子称霸的大业呀！我这一切都是为公子的霸业着想。”黑衣人好像没有听到公子禽的话，又这样继续追着公子禽说着，然后才打算渐渐转身退出去。

“站住！那宝物在王宫？哪儿？”公子禽忽然坐了起来。黑衣人这最后一句话似乎真的对公子禽起了作用。

“依我占卜的情形看，就是王宫东侧桂花树的龙泉边，公主的寝宫里。”

“啊？你是说公主蝶？你可不要加害于她！她毕竟是我最小的同父异母的妹妹！”

“呵呵，看出公子的一片仁爱之心，这正是一位未来的王者所拥有的胸襟。公子放心，鄙人只是一心为你实现霸业着想！”

“嗯,可以去悄悄跟踪她！只要公主不出王宫，就不能下手，以免打草惊蛇！”

“是，公子！”黑衣人反身出了公子的殿，在清冷的月光下，脸上露出几分诡诈的笑意。他在夜黑百鸟栖息之时，骑上鸷鸟扬长而去。

是夜，公主蝶辗转反侧，不能成眠。龙部族人这次进攻非同小觑。如果这次战争开始，势必会让龙部族和鸟部族的百姓都损失惨重，他们的家园也会受到极大破坏。为此，她寝食难安。在接近三更的时候，公主蝶才渐渐进入梦乡。梦中她看见祖父骑在风的脊背上在对自己说话：“孩子，拯救鸟部族的这一使命恐怕要靠你来完成了。”

“为什么？祖父,我只是一个弱小的女孩子家，怎么可以担此大任呢？战争不属于我！”她几乎反抗着哭起来。

“要知道，战争也不属于鸟部族人！你要保护鸟部族的百姓。孩子，不要怕！这一切都是命运之神的安排，到时风会帮你的。我们是个鸟图腾的部族，风是众鸟之王，是祖先们的首领，也是我们的先人所幻化。”

说着，祖父便乘风而去。

“祖父，祖父，风，风……”任凭公主蝶怎么在梦中呼唤，祖父已消隐在梦中。

“公主，公主，又梦魇了？”丫鬟素素听到公主蝶梦中的叫喊声，慌忙跑了进来，轻轻摇醒了她。

公主蝶这才醒来，不禁惊出一身冷汗。

而战乱就这样毫无征兆地开始了。打了整整七七四十九天，仍旧相持不下。此时，有鸟部族人建议还是与龙部族人和亲为好。这样，不但战争能够平息，而且还能够使两个部族和睦相处，不再荼毒生灵，百姓也能守护着自己的家园，过上安居乐业的生活。

摽有梅[1]

在战争的每一天里，公主蝶都像往常一样，一边来泉水边喂龙儿，向龙儿倾诉着心事，一边祈祷着战争的结束。虽然祖父的那个梦依旧让公主蝶战栗不已。她在等待着什么，不安而焦灼地等待着。

这一天，来了一位部族的使者。他也是被父王领来观赏王宫花园的。恰巧公主蝶也在王宫花园里喂龙儿。见到父王，她知道父王是最不喜欢自己喂龙儿的，她不想惹父王不高兴，便将正在喂龙儿食物的手迅速地缩向身后。孰料，父王早已看了个正着。出人意料的是，这次父王并没有责备她，反倒是颇有几分兴致。

---

① 出自《诗经 · 召南 · 摽有梅》。

“快，来拜见龙部族公子！”父王发话了，“小女平时最喜欢喂这些龙儿。”父王看着这片龙泉，又回首对龙部族公子说道。

公主蝶应父王之命以鸟部族公主的礼仪对龙部族公子轻轻地作了一揖。

那公子也是温文尔雅地向公主蝶含笑着略微俯身作揖，那姿态谦虚又高贵，还同时说道：“感念公主有一颗仁慈怜悯之心。”

听到公子如此夸赞自己的女儿，父王便又高兴地向那位公子介绍道：“这是我的最小的公主，年方一十四岁。”

却见那公子莞尔一笑，意味深长地说道：“还差两年。”

公主蝶听罢这句话，却羞红着脸跑远了。因为不论是鸟部族人还是龙部族人都知道，女孩子一旦到了十六岁，就是到了婚嫁的年龄。那个公子的说辞就是指公主蝶还有两年就可以出嫁了。而出嫁这种事情是女孩子家提及都会害羞的，自然公主也不例外。

自从龙部族公子的这次来访，龙部族人与鸟部族人的两败俱伤的战争便平息了。公主蝶也略略松了口气。

冬天来了，王宫花园龙泉里的龙儿们也像冬眠了一样。唯有梅花开了，满园子的梅香。每一个冬日静好的午后，贴身丫鬟素素都会陪着公主蝶踱步到花园，看公主对着每一朵梅花倾心吐意。

“公主在想什么？”素素问。

“我在想，一年又要过去了呢。”公主蝶满腹心事地回道。

“是呀，梅子黄时雨的季节来年又快来了。”素素好像看穿了公主蝶的心事。

“是呀，你知道这世间什么最消磨人吗？”公主蝶问道。

素素摇了摇头。

“是等待。”公主蝶像是自问自答地说。

“公主在等待什么？”素素也若有所思地问道。

“等待人心所等待的，来年，秋草又要枯黄一次，秋虫总是鸣得甚是凄寂。我却一直等啊，等啊，等到梅子黄时雨的时节，等到天空晴朗，等到无数个度日如年的日夜更替，等到又一个秋草枯黄秋虫鸣。”公主蝶又继续自言自语般说道。

在寂静的冬日的王宫里，乐师们却都在乐此不疲地以编钟、古琴、骨笛为乐器，浅唱低吟着，像是唯有如此才可以驱除掉冬日的寂寞，却又弄巧成拙似的使得整个冬天也好像发出悲伤的凄鸣，只听得那乐师唱道：

喓喓草虫，趯趯阜螽。未见君子，忧心忡忡。亦既见止，亦既觏止，我心则降。

陟彼南山，言采其蕨。未见君子，忧心惙惙。亦既见止，亦既觏止，我心则说。

陟彼南山，言采其薇。未见君子，我心伤悲。

亦既见止，亦既觏止，我心则夷。[①]

“乐师，你也是心中满怀惆怅吗？”公主蝶坐在一边，边倾听边若有所思地问道。

那乐师正长发垂地，不动声色又聚精会神地拨动着音弦，“公主知否，一个人思念故土的那种感受？”乐师仍旧拨着琴弦。

“思念故土还是故人呢？”公主蝶顽皮地追问道。

“时间一久，故土和故人在记忆的长河中都会融为一体，而最终，他们都会埋进时间。”乐师仍旧不动声色地回道。

“埋进时间？”公主蝶手捧一束娇艳的梅花，

---

① 出自《诗经·召南·草虫》。意：

听听蝈蝈嚯嚯叫，看那蚱蜢蹦蹦跳。没有见到那君子，我心忧愁又焦躁。如果我已见着他，如果我已偎着他，我的心中愁全消。

登上高高南山头，采摘鲜嫩蕨菜叶。没有见到那君子，我心忧思真凄切。如果我已见着他，如果我已偎着他，我的心中多喜悦。

登上高高南山顶，采摘鲜嫩薇菜苗。没有见到那君子，我很悲伤真烦恼。如果我已见着他，如果我已偎着他，我的心中块垒消。

边嗅边在暗暗思量着乐师的话。想到这梅花虽是在严寒中孤隐盛开，可来年还是要化为泥土，一股伤感之情便油然而生。

乐师继续拨弄着琴弦说道："那是在我年少的时候。大约也是和公主现在一般大的年纪，在一片栀子花的山坡上，遇到过一个少年。那是我第一次跟着伯父去山上狩猎路过此地。没想到的是，那少年是在那片山坳里看护神鸟的。他看我们并不像是恶人，便引领我们进入了山坳的深处。那一天，我和伯父打到了好多猎物。

之后，我和伯父又来过这里几次。那少年依旧在这山坳之中，依旧为我们引路。直到有一次，天晚了，我和伯父打到猎物时黄昏已近，等到我们循着来时的路走回山坳，却发现天完全黑下来了。而那个少年依然在一个洞口等候我们。看来他是想把我们送出去。那天晚上，伯父、我，还有那位少年便干脆在山下支起篝火，烤起猎物来吃。

可是，那个少年却什么都没有吃。他静静地看着我们吃。然后告诉我们说，他以后就不在此看山了，他要去很远的地方。这一次，算是和我们告别。

不过，临走的时候，他只告诉我一个人说：如果还想见到他的话，就去南山找他。

之后，他便在山下与我们告辞，一个人消失在山路上。

伯父好像看出了什么端倪，他在那个少年与我们分别之后，忽然拉着我的手，用手中的火花石擦亮脚下的路，循着那少年的脚印往前走。那少年留下来的每一个脚印他都不放过地认真端详。

我问伯父：‘您在看什么？我们为什么这么晚了不往家走？’

伯父告诉我说：‘你不知道，我怀疑那少年是九尾狐。看他的脚印，过来瞧瞧，这哪里像人的脚印呢？’

当时我的心中也起疑，可是为了保护那少年，我坚定地对伯父说：‘不！他就是人！是你看走眼了！’

伯父不相信我说的话，他说：‘你自个儿背着猎物回家吧，我要去追赶九尾狐！搞不好能找到他的老窝，你不知道，这九尾狐市面上可珍贵着呢！’

听到此，我哇哇地哭起来。我一个女孩子家，如何背得了这么多的猎物。再者说，那少年与我们有恩，伯父为何却要加害于他？于是，我扯着伯父的衣襟不让他离开。要他和我一起回家。

正待此时，眼前忽然闪出一点儿火光，随之不见。只见那少年又风风火火地向我们赶过来。

此时我真为那少年着急，心想他怎么又回来了呢？不知道危险吗？

还未等到我跟那少年说话，只见那少年先开口说：‘老人家，这么晚了，你们怎么还徘徊在这山路上？此地危险，不宜久留。速速回家吧！’

他的折回更引起了伯父的怀疑。正待伯父准备抓住少年的衣袖，想知道他底细之时，却见那少年早已消失不见。远远地借着微弱的火花石的光亮看去，也没有看到那少年的踪影。

伯父恼羞成怒，并为此将怒气迁怒于我。一气之下，回家便将我许配给了当地的一个鳏夫，说好听了是许配，说不好听了是卖。

我只好连夜逃出去。在茫茫黑夜里，我不知道去哪里，投靠哪里。就在那一刻，我想到了南山。那个少年会在南山等我吗？他会履行这个约定吗？

但是举目无亲的我，不去找那个少年，似乎也找不到投靠的去处。

我只好去了南山寻那少年。却没想到，到了那南山，我并没有遇上那少年，而是碰到了一位琴师。他说，我就是他要等待的跟他学琴的有缘人，便将我收留下来。日夜教我各种乐器。

就在他教了我三年之久，终于在一个晚上，那琴师说：‘只是最后要教给你一样乐器。’

我问：‘是什么乐器。’

他说：‘瑟。’

我说：‘这不是龙部族的祖先使用的乐器吗？为何要教我？’

他说：‘非你学不可。有一天，你的使命会让你用得上。’

我深感奇怪，难道这一切都是冥冥之中的安排吗？

可是，我也不再多问，怕惹师傅烦，便苦学起来。就这样十年过去了，有一天，琴师跟我说：‘好吧，你可以下山了。’

我说：‘为何呢，我还不想下山。’

他问：‘为什么？’

我说：‘我在等一个人。’

可他好像知道我等待的是谁，便告诉我说：‘你等的那个人，就是他让我教你学琴的。但是，他不会再与你相见。他已经把你托付给我。如今，我已教你学成，你继续留在这里也无甚意义，还是下山吧！或许，更有意义的事情在等着你。’临走，他把他的瑟也送给了我。

不得已，我只好下了南山。却正凑巧，王宫里征选乐师，因我弹奏的瑟无人能比，于是就把我选进了宫。我就是这样来到王宫。”

“可是，那少年去哪里了？你们没有再见到吗？”公主蝶问道。

“那少年，便是那琴师。这是我后来才想明白的。”

“怎么会呢？”

“那少年想隐藏自己，又想帮助我。所以出此策略。”

“那后来呢？那琴师还在山中吗？”

“不知道了。记得我学成的那一天，他便云游四海去了。”

“你歌中就是在思念他吗？”

“唉，我是思念那些经历过的事情。你要知道，好多经历是需要埋在心中的，只要它曾经美好过就足够了。人生不过就是一些难忘的经历组成的，就连当初想害我的伯父我也不再恨他了。因为毕竟他也给过我一段安定岁月。在战乱的年代，我的父母亲大人音信全无，他们逃难的时候没有找到我，当时我正和伯父家的堂姐们玩在一处，没有听到大人的召唤，而猃（xiǎn）狁（yǔn）（匈奴）又像疾风骤雨般来得匆忙。就这样，我和家人离散了。而只有没有逃难的伯父一家人收留了我。那些过往，有些让人不再去想，有些又让人难忘。”

“那少年究竟是人还是狐？”

“无论他是人还是狐，总之他没有害人之心，却还有助人之心，也帮助了我。为此都值得我去感恩的。”

“你还会思念那个少年吗？”

“会呀！”

“可是，你们却不能在一起。”

“是的，虽然不能在一起，却阻止不了思念。就像思念故土那样。”

“而这些，都会埋进时间。”

“是的，埋进时间。”

公主蝶陷入沉思。

冬天过去了。

到了来年，王宫后花园里的梅子缀满树梢，又眼看着已然纷纷跌落，像时间的碎屑，在日光的尘埃中落了一地。

公主蝶好不伤感地跟着乐师吟唱道：

摽有梅，其实七兮。求我庶士，迨其吉兮。

摽有梅，其实三兮。求我庶士，迨其今兮。

摽有梅，顷筐塈之。求我庶士，迨其谓之。①

那些梅子黄时雨的日子，公主蝶每天都会来到梅子树下，看着那成熟的梅子飘落下来，她总是怀着满腹的戚然，还有几许欣欣然的期待。而就在她俯身捡拾梅子的瞬间，一种莫名的心绪便塞满她的

---

① 出自《诗经·召南·摽有梅》。意：

梅子落地纷纷，树上还留七成。有心求我的小伙子，请不要耽误良辰。

梅子落地纷纷，枝头只剩三成。有心求我的小伙子，到今儿切莫再等。

梅子纷纷落地，收拾要用簸箕。有心求我的小伙子，快开口莫再迟疑。

心怀，填满她美妙的等待。

公主那少女的心就像那梅子。她像是日日盼着自己从青涩到成熟，从初绽在树梢上到能成熟地坠落。

一天又一天过去了，梅子纷纷地飘零着，而少女的心啊，少女的期待，还和存留在树上的梅子那么多……心中所想的人啊，赶紧来啊，趁着这梅子还有那么多悬挂在树梢上，趁着那“梅雨”还没有全然飘落，莫到无花空折枝啊！

…………

而今，梅子全然落在地上，它们都成熟了，而少女的心愿啊，也应该有一个安放的着落。这个时候，公主蝶就喜欢站在这飘落了满地的“梅雨”里，吟唱着，心中的人啊，这正是你向我走来的时候，在这梅子成熟的时节，我只等待着你向我吐露你的心曲。哦，梅子黄时雨。

公主蝶吟罢一曲，却只能把少女的一番惆怅空对月。

采薇[1]

公主蝶已十六岁。是时光催人老，还是回忆催人老。公主蝶时常一人回想那次与熊部族公子出宫的经历，与熊部族公子离别时的忧伤。

乐师说，如果一个人思念谁，在吟唱的时候想着那个人，就会把思念的人吟唱回来。然而，公主蝶并没有把熊部族公子吟唱来，倒是时隔多日，那龙部族公子竟然带着豪华的马车队伍来向父王提亲。

这一天，父王和母后亲自来探看公主蝶。

公主蝶依旧在龙泉边喂着她的龙儿。

“父王！母后！”她听到了父王的脚步声，回眸一笑。

① 出自《诗经 · 小雅 · 采薇》。薇：野豌豆，可作食物。

“来，孩子。”

公主蝶便亭亭玉立地站立在父王和母后跟前。

“蝶儿，父王和母后要跟你商量个事情，三天后给龙部族一个答复。”

“父王请讲。”

“孩儿还记得那年来我们王宫后花园的那位龙部族公子吗？”

公主蝶摇摇头，又点点头。

“是这样的。那位龙部族公子来提亲了。”

“哎呀！父王——”公主蝶慌忙捂住了羞红的脸。

“你今年十六岁，正是出嫁的好时机。再说，你要记住，龙部族人与我们鸟部族人曾是一个部落，本应世世代代和睦共处，你去了龙部族，我也便放心，而且从此龙部族也不再与我们鸟部族发生战争，这也是我们的先祖希望看到的景象。

“孩子，我只问你一句话，为了两个部族的和睦，你愿意嫁到龙部族吗？”

“可是，可是……”

“孩子，有什么不妥，你只管说来与为父听，只要为父能做到。其实，为父也不舍得你远嫁他乡……”待父王说完这番话，母后已经泪湿香帕，泣不成声。

只听得母后一边垂泪一边向父王嗔怪道：“如果当初不是你让蝶儿见什么龙部族公子，我们蝶儿怎么会嫁那么远，你不心疼，我还心疼呢！”

父王一脸受了冤屈的样子：“那天刚好蝶儿在龙泉边喂龙儿，凑巧就碰到了我带着龙部族公子赏游至此，唉，这一切都是天意吧！我和你一样啊，哪里舍得我的宝贝蝶儿离开身边。”父王说完，眼里也已噙满泪。

父王母后对她的不舍，这一切公主蝶都看在眼里，其实她的心里又何尝不想永远待在父王母后身边，永远都不要离开他们。可是，当她静静地抬起头，望着父王的时候，她第一次那么近距离地发现父王的两鬓已略显斑白了，都是这些年打仗而日夜操劳的。再看看母后，母后的香帕已成湿巾。母后正用含泪的眼睛凝望着蝶儿，眼神中似乎在暗示蝶儿拒绝这门亲事。

母后的眼神让她犹疑了一下。她想起了一个人——熊部族公子白。她不能不守信，她要等熊部族公子来接她，眼看着这就是木槿花开满马鬐山的时节了。但是，她又想起了熊部族公子临走时送她的宝剑、对她说的话：听我的，将它带在你身上，要知道，你还有比我更大的使命，你肩负着鸟部族人的命运。这剑它本来就属于你……同时，她摸到了在她胸部剧烈跳动的位置，是那柄龙凤纹仪杖，而此时，它也像在提醒着她什么，使她想起了梦中祖父对她说的话。这样想了片晌，公主蝶终于鼓足了勇气，故作淡定地回道："父王、母后，为了我们鸟部族的命运，为了龙部族和鸟部族的和睦，我不再有什么顾虑。"

"蝶儿——"母后一脸失望地看着公主蝶，又看向父王。

父王没有去迎接母后的眼光，只是脸上有着复杂的表情，但似乎是想安慰母后，又不舍得公主蝶，但又为目前局势感到不安，不知是喜还是悲地说道：“眼看周边的部族战事频仍，我们鸟部族也需要有盟国来强大自己的势力，而我们与龙部族的联合，将是珠联璧合，其他外邦蛮族便不可入侵。如果蛮族来攻打，那我们两个部族齐心协力也可以防止他们进攻得逞。好在我们与龙部族接壤，之前又是属于同一个部族的，这一点让父王略感宽慰。况且，每个女孩子到了这个年纪，都是要出嫁的……”

听到这里，母后静静地走过来，双手抚在公主蝶的肩上，又从怀中掏出一面背面印有鸟兽纹的照容镜子，轻轻放至公主蝶的手里。“孩子，拿好它，这是宝物，曾是你的老祖母皇娥所赐，母后今天传予你，见到它，就是见到母后了。关键时刻，它会帮助你……”说完，又用帕子掩面而泣。之后，父王也缓缓地踱步过来，与母后、蝶儿相拥，一起啜泣。

作为鸟部族的公主，无论生死都必须与自己的部族连在一起，为了深爱自己的父王母后，为了鸟部族百姓，公主蝶很清楚自己必须要义无反顾得像父王手下的一名将领战士那样听从父王的安排，其实，也是听从命运之神的安排。

出嫁的那一天，无论在王宫还是民间，一片欢腾。公主蝶是被一行侍卫随从护送出城。神奇的是，在簇拥的人群中，公主蝶看到了风，风也来送行她吗？还是来陪伴她的？当时王宫中亮起了一道白色的荧光，将整个王宫都映亮了。公主蝶知道，整个宫殿里只有她知道那是命运之神在向她启示着什么。就在公主蝶要驶出王宫的一刹那，她忽然感到有种钻心的痛狠狠拽住了她。她再一次回眸深情地看了看她生长在这里已十六载的王宫，她的龙泉，还有悄悄搁置在心中的“木槿花”的梦。当然最让她难以割舍的，还是她的父王母后。在她转身的一瞬间，她发现母后正在掩面而泣，父王紧紧攥着母后的手，也是一脸牵挂和不舍。她忽然发现，父王就在她出嫁的一夜之间变得苍老了，两鬓上似乎又添了些白发。

龙部族的迎亲马车队接上了公主蝶。可此刻，有谁知道公主蝶心中的哀戚与落寞。走出那深宅高锁的王宫，沿着那高高低低错落有致的城池，一路上，她的哀戚与落寞也撒满了城池。她将那柄剑紧紧地揣在怀里，它曾是她和熊部族公子白的约定，而如今，它被更大的使命所替代了。

此时，迎亲的队伍乐器响起，那歌声里唱着：

维鹊有巢，维鸠居之。之子于归，百两御之。
维鹊有巢，维鸠方之。之子于归，百两将之。
维鹊有巢，维鸠盈之。之子于归，百两成之。[1]

---

① 出自《诗经·召南·鹊巢》。意：
喜鹊筑成巢，鸤鸠来住它。这人要出嫁，车队来迎她。
喜鹊筑成巢，鸤鸠占有它。这人要出嫁，车队送走她。
喜鹊筑成巢，鸤鸠住满它。这人要出嫁，车队成全她。

这歌声，不知为何，唱得公主蝶的心中恓恓惶惶。而意外就这样发生了。

就在公主蝶出嫁的路上，一小队从鸟部族出发的人马抄小路默默地跟了上来，说是父王暗中护送公主蝶的部队。然而，父王万没有想到的是，这计划被公子禽与黑衣人所利用，成为他们一齐策划的阴谋。带队的正是公子禽，当公子禽带领着小部队沿末道穿出城即将进入龙部族地界的时候，黑衣人乘着鸷鸟腾空而下，与公子禽的部队会合接应。然后，他们急急地向着迎接公主蝶的马车队方向抄小道赶去。

公子禽与黑衣人达成密谋，打算在路上劫持公主蝶，更确切地说，是想劫持公主蝶的宝物。但是，意外的是狎犹的部队忽然提前攻打了过来。就在接公主蝶的车队行驶了半日路途，婚车就遭到狎犹的劫掠和攻击。公主蝶只听得外面喧嚣一片。接上她的车队和狎犹乱作一团，只听得护送的将军下令让战士们与猃狁决一死战。而那些猃狁战起来，也确实是骁勇无敌。

再看车队前面领头的龙部族将军仍然驾着四匹雄马，四匹马高大而又强壮。将帅们坐在车上，那些将帅们都配有像骨装饰的弓和鲨鱼皮箭囊。士兵们紧随其后。由于猃狁屡次侵犯，致使四围部族几乎每天都处于戒备状态。

接着，只听外面车马沸腾，战号喧嚣，龙部族的军队与猃狁的军队开始了交战，双方都处在一片混乱之中。

猃狁像一阵飓风将婚车攻溃，公主蝶当时只有一个念头，那便是不能死！她急中生智，从婚嫁的马车上逃了下来，扮成士兵，混在军队里。她的衣袖里紧紧藏着那柄宝剑，伺机危险来临的时候来对抗敌人。

每当战争暂停下来，也就是黄昏降临万籁俱寂的时候，公主蝶就混在吃薇菜充饥的士兵里，听那些士兵在田间野外吟唱起歌。他们的表情凝重，甚至带着些许的酸楚。他们把心中的等待，心中的惆怅，都融入歌里：

采薇采薇，薇亦作止。曰归曰归，岁亦莫(mù)止。靡(mǐ)室靡家，猃狁之故。不遑启居，猃狁之故。

采薇采薇，薇亦柔止。曰归曰归，心亦忧止。忧心烈烈，载饥载渴。我戍未定，靡使归聘。

采薇采薇，薇亦刚止。曰归曰归，岁亦阳止。王事靡盬(gǔ)，不遑启处。忧心孔疚，我行不来！①

这歌词的大意是：

豆苗采了又采，苗苗冒出了芽尖。说要回家了回家了，但已到了年末仍不能实现。没有妻室没有家，都是为了和猃狁打仗。没有时间安居休息，都是为了和猃狁打仗。

---

① 出自《诗经·小雅·采薇》。

豆苗采了又采，苗苗多么鲜嫩。说回家呀道回家，心中是多么忧闷。忧闷的心好像烈火在燃烧，饥渴交加实在难忍。驻防的地方还不安定，没有人可委托去打听家里的消息。

豆苗采了又采，苗苗已经又老又硬。说回家呀回家，又到了十月小阳春。征役没有休止，哪能有片刻安身。心中是那么痛苦，到如今不能回家。

公主蝶听着听着，内心也一阵阵酸楚侵袭上心头。在她的对面，坐着一位老士兵，他吟唱得最无奈也最卖力。公主蝶看着他枯瘦的脸，不禁走过来，坐在他的跟前，跟他攀谈起来。

“老人家，您来自哪个部族呀？”公主蝶小心翼翼地问道，生怕被周围的士兵注意到她。

不料却问得那老士兵一脸老泪纵横。他没有直接回答公主蝶的问话，只是又吟唱起来，那张本已枯瘦的脸此时显得更加憔悴而绝望了：

昔我往矣，杨柳依依；今我来思，雨雪霏霏……[1]

吟唱至此，老士兵的泪水又婆婆娑娑地飘落下来，像落雨。

原来是这一带的百姓常年遭到猃狁的侵袭，他们苦不堪言。家中的壮年人都被征兵入了军队，家中只剩老少妇孺，由于连年的争战，家园破损，田园荒芜。

公主蝶立起身，只看到那些路途上看不到边际的薇菜，铺满了战争那漫无边际的悠长的古道；耳边还有军队里那不分白天与夜晚的不得停止的号角，漫漫地压抑、疲惫、幽怨地响着，响在行道迟迟的战场上。

那每一株薇菜里，又仿佛充满了一个战士的柔

---

① 出自《诗经·小雅·采薇》。意：昔日从军上战场，杨柳依依好春光。今日归来路途上，大雪纷纷漫天扬……

情和一个男儿脆弱不堪而又疲乏无助的等待。等待，等待，路漫漫的等待，肠中车轮转的等待……

忽然，老士兵此时停止了吟哦，干枯的手里攥着一株薇菜，他稍微扒拉了一下上面的土，便像饿极了一样，有滋有味地吃起来：“你是新兵吧？”那老士兵头也不抬地猜测着公主蝶，继续说道：“瞧这薇菜，一年复一年地生长，从冒出幼嫩的枝芽，到它渐渐地老去，一年又复一年，薇菜老了又嫩，嫩了又老，就这样一年又一年，我们这些战士在沙场上度过……”

“昔我往矣，杨柳依依；今我来思，雨雪霏霏……”公主蝶仿佛透过那吟唱看到了一颗颗期待和平和等待归家的心，就在这一刻已变得破碎而又苦涩，就像那些薇菜已经在漫长焦灼的等待中枯萎。那份扎根在每一个士兵心中的春日迟迟、杨柳依依的期待，满怀着对春光对一切美好光阴的眷恋，就如同那些老去的薇草，饥渴荒芜寥落在沙场上，再也回不来了！时光，一去不返的时光，早已泯灭在沙场上，再也回不来了！而当他们归家的途中，眼前是否唯有严寒的风、迷离的雨、残暴的雪，吞噬着交割着苍老疲乏而又疼痛寂寞的心！

战争结束吧！战士需要安定的家园，人们需要安定的家园……公主蝶躲在这战场上已战死的横七竖八倒下的战士的尸体边，在这无边荒芜的战场上默默地祈愿着。那都是些多么年轻的生命啊，好像也都不过和公子白那般大吧！她使劲地闭上了眼睛，心里感到深深的隐痛。

傍晚时分，公主蝶只听军营里忽然一阵剧烈的骚动。那个老士兵蹒跚着走到乔装成士兵的公主蝶面前，偷偷说道："孩子，你快逃吧！这里有人来搜查你！"

"搜查我？"公主蝶一阵紧张，是不是自己哪里乔装打扮露了麻脚。她一时支吾着不知要回应老士兵什么。

"我知道你不是寻常人家的孩子，而且，我第一眼就看出你不是男人，你是女儿身，这里军营危险，抓到就是死罪，赶紧逃吧孩子！怎么逃进来的再怎么逃出去！”

公主蝶一阵哑然。正待问老士兵什么，只见老士兵摆摆手，示意她不可多问。最后老士兵只跟公主蝶说了一句：“其实是鸟部族的将领在追捕你，不是你父王的军队，是将要叛变你父王的公子禽的部队，快走孩子……”

公主蝶此时才忽然想起公子白离开时对她说的话：“警惕公子禽！”难道，危险一直在她身边，而她却不自知，否则那只叫风的大鸟又怎么会一次次出现在她的梦中与她对语，原来，它想拯救她，让她摆脱危险的境遇，原来，它就是自己的命运之神？难道，这一切都在冥冥之中注定好了吗？可是，公子禽为何要捉拿她呢？她是他同父异母的妹妹呀！难道，他竟然也知道她的使命？那么父王是不是也有危险了呢？这么多的疑问盘绕在公主蝶的脑际，可眼下顾不得多想，事不宜迟，只能自己先逃走了。

趁着夜黑，士兵们准备在野地里扎营就寝歇息的时候，公主蝶逃走了。一路上，幸好有薇菜，饿了她就采路边的薇菜吃。她好想再沿着故国的方向往回跑，因为她的使命还没有完成。再回故国，估计这是天意吧！可是,这却不能被公子禽的人发现。公主蝶愈加小心了。她逃了一天一夜，最后驻扎在一个毗连于鸟部族和龙部族之间的一个叫陌上的小村庄里，乔装隐居成一个农妇。

而龙部族公子亦是备受打击，在这样大喜的日子里却无辜遭到玁狁的袭击，公主蝶也不知去向，他发誓不把玁狁打个落花流水誓不返还。

公主蝶的父王听此消息也是异常焦灼愤怒，还以为给公主蝶带来危险的只是玁狁。随后父王也命令鸟部族增兵与龙部族一起攻退玁狁，依然由公子禽带队。其实，父王不知，公子禽在之前的计划中因没有如愿寻到公主蝶，只好先打道回府并亲自请缨带领部队前往救援龙部族攻溃玁狁，其实是想暗中继续搜寻公主蝶。况且，公子禽这次也想在父王面前表现一下，立一次战功。其次，他还可以在找到公主蝶归来的途中将公主蝶劫持，回去跟父王谎称公主蝶是被猡犹杀害的，或者说是龙部族人背叛了鸟部族人将公主蝶杀害，引起鸟部族与龙部族的仇怨，发生战乱，父王年事将高，趁机他可以代替父王带领鸟部族攻打龙部族。再次，等他战功赫赫归来之时，便是逼迫父王退位从而他登上鸟部族的王位之日。可不曾想，他根本就没有在这次战争中搜寻到公主蝶。不过，为了继续骗取父王的信任，他还是和龙部族人联合奋力抗战，共同合力将猡犹攻退，以便领取战功。只派信使先报信王宫里说是公主蝶下落不明，生死未卜。公主蝶的母后听此消息，便担忧过度，一病不起。

待公子禽出兵与龙部族共同击溃猡犹，回到王宫又向父王领取战功之后，他便悄悄跑到自己宫殿的地下密室，那里有黑衣人在等待着他，正在密谋下一步的叛乱计划。

那黑衣法师此刻正坐在黑暗里，一脸阴沉。公子禽刚要与他汇报这次交战情形的时候，那黑衣法师一摆手，示意公子禽不要说了，他全知道了。接着，他在占卜的手中，画了一个图，并示意公子禽看过来：那是一片鸟部族与龙部族的接壤之地，在这一片连绵的山坳里，他指了指一条河流的末端。

“在沭河末端的村庄？公主蝶没有死？”公子禽若有所思地问道。

“是的，她有祖先的神佑护，所以没有死。她在战乱之中逃生了。你知道，我为什么让你杀了她吗？”黑衣法师闪动着他诡谲的眼睛，示意公子禽近前来一步说话。

公子禽将脑袋凑了过去：“法师请讲。”

“因为命运之神将一个巨大的使命交在了这个不起眼的女孩身上，她会阻止我们的战争，她会最后成就和平，如果把她杀了，我们的战争才会开始，我们才能顺利攻下龙部族，到时，公子您一统天下的霸业就要实现了……”

公子禽若有所思地点点头，从嘴巴里挤出了一个夸张而又阴暗的微笑。

熊部族公子白在那日路遇公子禽与黑衣人欲夺其钺未遂之后，夜里眠于山洞之中，忽做一梦启示他待返回熊部族之后，先在宫外隐居三日，三日之后进宫。公子白想到白日里得以神熊搭救了自己的性命，占卜的龟甲上也让自己留宿于洞中，后而又在洞中得一奇梦，便知，这一定是命运之神的启示。于是，次日上马缓缓迟行，待到进了熊部族的城池，便在宫外寻到一处破败的无人居住的院落住进里面。为了避人眼目，进出便乔装成鸟部族的商贩，以兜里的还未吃尽的在山里打的野味为生。

就在他隐居到第三日的清晨，公子白忽然被一只白色的公鸡唤醒，不知哪个邻舍家的公鸡一大早隔着院墙跳落进这家破败的院落里，兴许是它发现有人睡在里面了？公子白刚欲出门看个究竟，却又忽然想到若是周边邻舍的公鸡跳进来，那邻舍一定也会寻来。若被人发现自己隐居在这里难免会给自己添乱，想来，觉得不宜出门，便将自己藏于床榻之下。竖耳屏息，用心倾听窗外的动静。

果然，随着公鸡打鸣三次，一个老翁拄着拐杖，一边唤着公鸡的名儿，一边摇摇颤颤地走进了院落。

公鸡似乎看到主人来便停止了鸣叫。忽然，那老者竟然与公鸡对起了话。只听那老者说道：“今日是王宫大乱的日子，部族不可无王啊。”

又听那公鸡说道：“仙翁所言极是。王就在此。”

听到此处，公子白大惊，但还是屏息接着听下去。

那老者又说：“等到今天大乱之后，就是王重回王位之日。”

公鸡没有再说什么，又啼鸣了三声，便忽然与老翁消失不见。

待没有了声音，公子白便从床榻下爬了出来。见窗外已露鱼肚白，心下便领会到这老翁和公鸡一定是命运之神派来的使者。

果真如老翁所言，这一天，街头巷尾都在议论着王宫里大乱的事情，大抵是好像老王病危，几个王宫贵族为争夺王位自相残杀的消息。

第四日，天还未亮，公子白便听到了公鸡在院落的墙垣上啼鸣，那鸣声像一道道亮光，将黑夜的幕布渐渐地撕开，裸露出了一片白色黎明。公子白慌忙起身，走进院落里。那是一只像巨鸟般的公鸡，身态肥硕，白色羽毛，金色鸡冠，像极了禽中之王。只待公子白走出来，那公鸡忽然俯下身子，示意公子白骑上去。公子白知晓这一定是命运之神的安排，便坦然无惧地骑上公鸡，转瞬间，那公鸡带着公子白飞上天，一直飞至熊部族王宫的上空，飞进王宫的院落，却将公子白放置于公子白父王的寝宫前，待到公子白正欲迟疑着要不要进去拜见父王的时候，那公鸡已转身不见。周边的卫士似乎这个点儿都在打盹儿，没有人看见他走了进去。

“看来是天意如此。”公子白喃喃地说着，拂袖走了进去。

父王还未醒来，好像只在睡梦之中念叨着自己的名字："白儿，白儿，是父王对不起你，误解了你，让你遭受谗害，不知去向……白儿……父王后悔——莫及……"公子白默默地蹲跪于旁侧，所有与父王的误解和这些年一个人流落他乡的伤痛，都在父王梦中的这一声声呼唤里化作了泪水，一滴滴滴落在父王的床榻上。是泪珠敲打着床榻惊醒了羸弱的父王，还是父王自己醒来，他缓缓睁开眼睛，忽然看到坐在身边的公子白，喜极而泣地唤着："白儿，是你，真的是你啊，看来，梦是真的，真实的……"

随后，一行王宫贵族突然行进父王的寝宫，看到了公子白，大家都怔住了般立定在那儿。父王躺在那儿，向公子白招招手，示意他继续待在旁边，不要动。父王一脸淡定与从容，甚至还带着平静的喜悦。然后，他从自己的玉枕下面掏出来一枚王的大印。当着众人面前，将此交给了公子白。

"不可以！"从人群中窜出一个王宫里的贵族公子，挥剑要劈将过去。

“休得无礼我儿！他是你的长兄！”父王使尽全力地喊道。

可是那个贵族公子根本不打算听，一行人就这样攻将上来！

只见熊部族公子白一手扶定父王，一手迅捷地从胸中掏出那柄钺——象征着远古时期的古老族类的文明与王权，那一刻，那钺忽然闪出了一道道绿莹的光，将父王的寝宫照得通亮剔透，之后，那光渐渐收拢，聚集在父王和公子白的周围，待要劈将过来的人无一不被自己的剑反劈致伤，此时，那公鸡又出现于父王的寝宫之上，在那一片绿莹的光中，将父王和公子白接应其上，向着王宫的正殿飞去……

远处传来悠长的牛角号声——那象征王权的乐声已在王宫之中吹响，新王的加冕仪式开始了……

这一日，公子白正式登上了熊部族的王位。

待到公子白册封为王，也就是在公主蝶出嫁之后不久，公子白便带领一行人马，急匆匆赶来鸟部族提亲，得知公主蝶已远嫁他乡，公子白泪如雨下。那正是木槿花开的时节，他带着满满一马车的木槿花种子，准备和公主蝶一起撒在他们曾一同去过的马鬐山上，作为信物。他还想向公主蝶许诺每年的木槿花开的时节，就陪公主蝶一起回故国探望父王母后。然而，看来这一切落空了，成为一个未能实现的木槿花梦。

在回去的路上，公子白倍感怅惘，四处打探又忽然听到鸟部族人中流传着公主出嫁时路遇狰犹，生死未卜的消息，便心生哀伤，不禁哀唱道：

青青子衿，悠悠我心。纵我不往，子宁不嗣音？
青青子佩，悠悠我思。纵我不往，子宁不来？
挑兮达兮，在城阙兮。一日不见，如三月兮。[1]

① 出自《诗经·郑风·子衿》。

那歌声悠扬地响起，飘漫在泥泞崎岖的路上。

从此，于熊部族公子白而言，粉黛三千无颜色。他每每在自己王宫的城垣上驻足，向着鸟部族的方向凝望，心中便无端地升起哀伤，那吟唱仍旧不绝于耳：

“青青的是你的衣领，悠悠的是我的心境。纵然我不曾去会你，难道你就此断音信？

青青的是你的佩带，悠悠的是我的情怀。纵然我不曾去会你，难道你不能主动来？

来来往往张眼望啊，在这高高城楼上啊。一天不见你的面啊，好像已有三月长啊！”

陌上

公主蝶循着儿时与父王一起外出狩猎的记忆，沿着一片树林高地拼命地往来时的方向跑着。待公主蝶跑到一片山野之中，遇见一座大山，山中静谧。只有一位老翁在放牧着羊群。天空放晴了。山下汩汩流着水，公主蝶不禁往下望去。但见两股激流夹杂着一股蓝色飘带般的颜色从远处倾泻而来，那蓝色飘带不是绸缎，却像一种染料，像是天空的颜色。公主蝶惊奇不已，便顺势问老翁这是什么河。

老翁说："这便是沭水拖蓝。"

原来，公主蝶已抵达了故土东部。沭河从东绕城而过，城东北方又有袁公河汇入。由于沭河发源于山区，流经丘陵地带，而袁公河从城中平原流入，水中所含成分有异，因而汇流后，在同一条河里形成了一段清浊分明的两股水流，清流泛出淡淡的蓝色，好似河中拖曳着一条蓝色的带子，故称沭水拖蓝。

啊，沭水！回到故土了！几滴辛酸的眼泪迷失了公主蝶的眼眶。可是，虽回到故土，却也是父母暂不得相认，她要完成命运之神给她的使命。

“每次染完一件布匹，你都要留下一点儿靛蓝，要足足把那靛蓝集齐 99 次，再将其带回沭水中，于沭水中的蓝色一起染在龙凤纹仪杖上。等你染到第 99 件布匹，就是春分……还要呼唤鸠鸟来为它贮满魔力。孩子，让两个部族能够和好如初，不再有战争，这一使命恐怕要靠你来最后完成了。”公主蝶仿佛又看见祖父骑在风的脊背上在对她说话。

为了伺机完成这一使命，公主蝶不得不在白天去做染坊生意的农户家里学习染布技艺。这家农户也是由于战乱丈夫被征入伍，只剩妇孺在家以开这小小染坊为生。女主人在院落里种了一大片一大片的蓼蓝。蓼蓝是自然界中含靛蓝较多的植物，大约二三月间下种培苗，民间有“榆荚落时可种蓝”的说法。六七月间蓼蓝成熟，叶子变青，即可采集。隔三个月（九十月间）又可收割，有一种能在一年里生息不绝的样子。

在与女主人学染的过程中，渐渐地，她发现这种蓼蓝再配上沭水里的蓝，便呈为一种通透的靛蓝色。经这种通透的靛蓝浸染出来的丝织物品，在朦胧的光泽里会有高贵浓艳的妩媚之气飘逸出来，而且染后色泽附着在织物上的牢度非常好，让人觉得尊贵安静踏实。

待她渐渐跟着这农户家的女主人学会了技艺，便变卖了手上的一些金银细软，在这片陌上又开了一家染坊，为了不抢夺那女主人家的生意，她只染这种靛蓝的颜色。她估算着，待她染到第 99 件布匹的时候，春分的时间就要到了，那时她就要伺机完成她的使命。

由于公主蝶这家只染靛蓝的染坊，染料是取自沭水里的蓝，所以，被染成的丝织品总是华丽闪烁而又透亮，在当地的贵族中普遍流行开来，甚至这种颜色成为当地贵族的一种标志，但凡贵族，没有不穿这种色料的衣服的。于是，公主蝶的染坊也渐渐在陌上有了名气。

但为了不被人辨认出来，公主蝶每天只接待一位来染布的客人。其余时间，她还在这里跟当地农妇们学会了采桑，隐身做起了一个养蚕的农妇，并给自己取名叫作“桑”。

每天，太阳从东方升起，照到公主蝶染坊的染缸上。公主蝶看天气晴好，也会到城南边采桑。公主蝶用青丝做篮子上的络绳，用桂树枝做篮子上的提柄，乔装打扮成村妇。

这一天，就在公主蝶继续乔装打扮成村妇打算去城南采桑的时候，从外面闯进来一个人。他说他是因为战乱从外邦国逃难来的舞师。公主蝶看到他风尘仆仆的身上背的是一些硕大的乐器，不由地钦佩在这战乱之中竟然还有人不顾逃命，还把这么多乐器背在身上的。公主蝶从院子的水瓮里给他舀来一瓢水，他擦了擦额头上的汗，便咕咚咕咚一口气饮尽。

正在此时，远远地沸腾起尘土，从东南隅赶来一大队人马，在最前面的是一袭黑衣的骑在马上的高壮男子，那个男子的右肩膀上立着一只大鸟，形状如鸷。公主蝶渐渐认出他来，忽然有种不好的预兆。那马上的黑衣法师，在她十岁那年，她曾经见过他。他曾经来过鸟部族的王宫，蛊惑过父王对龙部族发起战争，好在父王深明大义，并没有听他的诡计，否则不但会给鸟部族人带来不幸，也会给龙部族人带来灾难。秉持着父王刚正不阿的品性，自然公主蝶也是恨恶这个黑衣人的。可是，他不是几年前就离开鸟部族了吗？怎么又回来了？瞧他身后还带着一拨人马。见状，公主蝶想悄悄地溜至人群中，私下问个究竟。莫不是他就是为了自己而来的？难道是自己开染坊走漏了什么风声吗？可他又如何知道自己是担负着拯救两个部族的使命呢？但是，不管是哪种可能，他的出现都在提醒自己，如果使命不能尽快完成，很可能会有危险了。公主蝶内心焦急地忖度着。但此刻，她也要为眼前的这个过路人的安危着想，人家只是路过了口渴来喝一瓢水，不能把人家牵扯进来。公主蝶见势不好，便拽着这位舞师一起往屋子里藏身。不料已经来不及了，那走在最前面的黑衣法师已经看见了公主蝶，他骑着马过来，却依旧倨傲地坐在马上，只派遣一个小吏过去问询什么。公主蝶怕暴露了自己的身份，正待遮面转身进屋的时候，那小吏却不知天高地厚地一把抓住公主蝶，想把公主蝶的面纱撕下来。正待此时，一双有力的大手挥舞过来，一把拽住小吏的手让他动弹不得。公主蝶回眸一看，原来是舞师！

那黑衣法师看势不好，便一挥手，指挥着一队人马，吼道："给我上！"

谁料那舞师仍旧临危不惧。只见他从背上卸下他的乐器——原来是一面偌大的大鼓，只见他又拿出两根鼓槌，挥舞起他的大手，将鼓敲得震天响，刹那间，只见天地昏暗，落叶飘飞，鼓震得那些冲上来的小吏们都纷纷摔倒，像是迎风倒地。黑衣法师一看，大喊不好！一个人倒头夺马便跑，其余的小吏便也身无缚鸡之力般纷纷踉踉跄跄地爬上马，夺马而去。

那舞师看着逃跑的那一队人马，狂笑一声，仍旧不停地击鼓。公主蝶这才得以喘息，仔细察看着这位舞师：这着实是一位彪壮大汉，动作有力如猛虎，若在沙场一定是手握缰绳似丝足[①]，红光满面像赭[②]涂。

正在公主蝶和舞师沉浸于胜利的喜悦之时，但见一只凶猛的灰色鸷鸟从空中俯冲下来，它的喙锐利地冲向舞师猛啄过来，公主蝶看势不好，大叫一声："舞师小心！"不料，那鸷听得声音却冲着公

① 丝足：丝织的宽带子。

② 赭（zhě）：赤褐色。

主蝶俯冲而来。但见那舞师眼疾手快地将公主蝶拽于自己的身后，又从身后的乐器兜里搜出来一个龠[1]管和一束野鸡翎毛，然后左手拿着龠管吹，右手拿着野鸡翎毛向远处挥动，只见那鸷听到龠管的声音却忽然倒戈方向，在半空中不住地盘旋起来，并发出凄厉的嘶鸣，像一时间晕眩找不到方向了而感到惶恐。就这样，那鸷足足在空中盘旋了良久，舞师的龠管也一直吹了良久，眼看着这场人与飞禽的战争相持不下，直到从长空中发出一声长哨的嘶鸣，那鸷似乎才清醒过来，向着前方那吹哨的黑衣法师的方向飞去。

难道，那鸷是被那黑衣法师驯养的吗？公主蝶心中暗暗忖度。

那舞师好像看出了公主蝶的心思，说道：“如今民间传得沸沸扬扬，说这个黑衣法师跟王宫里的贵族有牵连，他们合伙驯养鸷，想与龙部族人再次

---

① 中国古代管乐器，像编管之形，形状像笛。

展开激烈的战斗。”

公主蝶不禁打了一个寒战，伤感的情愫涌上心头。

“那黑衣法师跟王宫里的贵族有牵连？”公主蝶半信半疑地问。

“民间是这么传言的，因为有当地的鸟部族人看到过王宫里的大公子曾与这个黑衣法师一起在河谷之地狩猎时驯养过好多鸷。”舞师继续回道，“听说，这个黑衣法师曾在鸟部族人中不被待见，后来便去了龙部族游说。可不曾想，他竟然又回来了，并且还附庸于王宫贵族，倚仗权势在鸟部族的边界任性妄为、作威作福。”

是我的长兄禽吗？禽呀禽，你为什么不信守父王的承诺，私下里做出这等事情？公主蝶心里这样想着，嘴上像是喃喃自问：“难道战争又要开始了吗？”

“或许吧。不过对于我们这些流离失所的艺人来说，在这样战乱的年代，早已四海为家了。”舞师淡定地说。

“你也会法术吗？否则你怎么把那鸷吓跑的？”公主蝶盯着舞师手中的那只龠管饶有兴致地追问着。

那舞师看着公主蝶，却笑而不答。只见他又挥了挥手中的野鸡翎毛，简单说道：“我叫简兮，我只是一个舞师。”

事实并没有那么简单吧，公主蝶心想。

“如果能用一种乐律来控制鸷的行动，那龙部族人驯养的蛟龙呢？”公主蝶继续想探寻着什么。

“这个龙部族的首领应该会知道。但据我这些年四海寻师学习乐器的经历中，我知道龙部族人的首领伏羲曾发明了一种叫瑟的乐器，有五十个弦，乍拨动起来，轻柔婉转细致，但越拨音响越大，直到大如洪钟，惊起涛浪般，此时，便见龙飞风卷，那些龙像吐纳江涛般，上天入海，会与敌人展开殊死搏斗。连最凶猛的鸷都不一定是它们的对手呢！”

公主蝶听得一阵心中战栗。她想起了王宫里自己放养的龙泉里的龙儿，想起给它们喂食时憨态可掬的样子，却很难将它们想象成为杀敌武器。怪不得父王那么不喜欢她养龙儿呢，同时她也想起了母后的一番苦劝和对她的迁就，然而，这样的利害关系他们却从没有对她说起过，或许是因为当时她年龄小,还不想让她知道战争残酷的场面吧！想到此，公主蝶不禁倒吸了一口冷气。

不过，公主蝶依旧对简兮感到好奇。

方才，简兮击鼓吓退了黑衣法师一行人，却也吸引来了陌上的老少妇孺。他们猜测这舞师一定是从西方哪个贵族里来的美男子，而且还雄伟健壮身怀绝艺。尤其简兮的刚正不阿的正义击退了这些老是来骚扰本地百姓的恶人们，这更让他们对简兮啧啧赞叹不已。

那些妇孺们都这样赞叹简兮：

简兮简兮，方将万舞。
日之方中，在前上处。
硕人俣俣，公庭万舞。
有力如虎，执辔如组。
左手执龠，右手秉翟。
赫如渥赭，公言锡爵。
山有榛，隰有苓。
云谁之思？西方美人。
彼美人兮，西方之人兮。[①]

自从简兮来到了陌上，陌上也热闹了起来，就好像迎来了战乱过后少有的狂欢。

---

① 出自《诗经·国风·邶风·简兮》。意：

鼓声擂得震天响，盛大万舞要开场，正是红日当空照，舞蹈领队站前方。

舞师健壮又英武，公庭上面演万舞。动作有力如猛虎，手握缰绳似丝足。

左手拿着龠管吹，右手野鸡翎毛挥。红光满面像赭涂，公侯连说快赐酒。

高高山上有榛树，低田苍耳绿油油。心里思念是谁人？四方舞师真英武。那英俊的男子啊，那是从西方来呀！

在星光如豆的夜晚，左邻右舍都不再柴扉紧闭，而是家家户户开着门，妇孺老人都早早地跑出来，聚集起来，等着简兮出场给大家击鼓舞蹈。那也是公主蝶在陌上最快乐的时光。陌上所有未嫁的女孩子都喜欢简兮。而简兮似乎特别喜欢与公主蝶在一起。他的目光透着灼热和温暖。傍晚他经常帮公主蝶把桑叶收拾进屋子。帮公主蝶从沭水提取蓝色的染料，并背回来。他还帮农妇们收割庄稼，或者有时就把他的大鼓带进田庄，舞一段，给收割的人们助兴。由于简兮的帮助，公主蝶在陌上的日子也渐渐好过起来，更确切地说，是他给公主蝶的生活，给陌上的人们带来了无穷的快乐。

而在夜深人静之时，月凉如水。简兮的屋里一灯如豆，从那微明微暗的火焰里，总会流淌出美妙的箫音，只听得简兮缓缓地吟唱道：

野有蔓草，零露漙兮。有美一人，清扬婉兮。邂逅相遇，适我愿兮。

野有蔓草，零露瀼瀼。有美一人，婉如清扬。邂逅相遇，与子偕臧。[1]

那歌声曼妙如天籁，夜凉吹箫如惊鸿。惹得过路的女子都要停伫良久，耐心聆听，听到忘情处，也不免心有戚戚然，倾慕之情油生，她们多么渴望那是简兮在为自己吟唱。孩子若听到，则会停止哭闹，像临至天宇仙境。老人若听到，则梦中清醒，困意顿无。

这一夜，公主蝶也似乎一宿未眠。全陌上的人，唯有她此刻无暇听箫。她只在想，很快就要染到第 99 次布匹了，那个巨大的使命也就要实现。每次染完一件布匹，她都要留下一点儿靛蓝，要足

---

①出自《诗经 · 国风 · 郑风 · 野有蔓草》。意：

郊野蔓草青青，缀满露珠晶莹。有位美丽姑娘，眉目流盼传情。有缘今日相遇，令我一见倾心。

郊野蔓草如茵，露珠颗颗晶莹。有位漂亮姑娘，眉目婉美多情。今日有缘喜遇，与你携手同行。

足把那靛蓝集齐99次，再将其带回沭水中，于沭水中的蓝一起染在龙凤纹仪杖上。到时，她终于可以和父王母后团聚了吧！甚至还可以见到熊部族公子白了吧，更重要的是，她要用这一使命来阻止一场战争！

第二天一早，公主蝶就上路了。跟她后面随行的，还有简兮。他们一前一后，走在山间小道上。

来至沭水岸边，待大水涌来的时候，两股河流汇成一大股水流，带着蓝色奔腾而来，公主蝶骑上玉蝉，向着那蓝色水流飞将过去：

终朝采绿，不盈一匊。
终朝采蓝，不盈一襜。①

① 出自《诗经 · 小雅 · 采绿》。意：整天在外采荩草，采了一捧还不到。整天在外采蓼蓝，一衣兜也没采满。

公主蝶念动咒语，却见刹那间河水退去，只留下一条长长的蓝色缎带样的水波，在光下荡漾，看上去扑朔迷离。

终朝采绿，不盈一匊。

终朝采蓝，不盈一襜。

公主蝶又念起咒语，紧接着，只觉得颈部发冷，忽然那些水波中的蓝像一股寒流从指间涌过，那蓝瞬息便像是被过滤了一般，呈现为靛蓝色，然后注入公主蝶准备好盛放染料的染缸里。

简兮一时看呆了。待他回转过神来的时候，见公主蝶那玉蝉两侧的翅膀上各载着一个染缸，那里面盛着两缸靛蓝，向着岸边的他飞奔而来。

忽然，一片黑压压的阴云扑面而来。天边刮起了风，只见河浪滚滚，那汹涌的河水差点要把公主蝶的那两缸靛蓝掀翻进河水里。正待此时，那玉蝉变作的巨蝉竟然又变成一道长着白色翅膀的拱形石桥，供公主蝶渡过了大河。此时的河水汹涌湍急，公主蝶不敢往下看。几只水鸟苍鹭从桥下跃过，被河浪拍打着翅膀，惊惶中尖叫着飞了过去。待公主蝶到达河岸，还没等她回过神来，那拱桥又嗖地收拢成一团木槿花的形状，将她和简兮紧紧包裹其中，只待雨停后，那只玉蝉又重新扇动起翅膀，载着两缸靛蓝和他们二人，向北飞去……

待到公主蝶醒来的时候，看到了简兮在对着她傻笑。她看了看四周，发现自己竟然睡在一块蒙古包一样的石头上。上面的天空是湛蓝的，阴云已散去，她放眼望去，发现这是一片石林，四处都是奇形怪状的石头。

“我的玉蝉呢？”公主蝶慌张地问简兮。

只见简兮慢悠悠地张开两只手，不慌不忙地说：“都在这里呢！”

只见那玉蝉又缩回到原来的样子，像一块精致的白玉妥帖地躺在简兮的手里。

“这些靛蓝，够染上一阵子了。”简兮指着那又被蓄满的染缸对公主蝶说。

公主蝶笑而不语。她不知该不该把她要完成使命的秘密告诉简兮。

氓[1]

不料，在这次采蓝回来之后，公主蝶便因着凉病倒了。夜半时分，公主蝶只觉头痛欲裂，辗转难眠。简兮便用山里的老姜切成片，为公主蝶煮水驱寒，还为公主蝶用玉砭石做针灸。那些长短形色不一的玉砭石，一根根都有尖尖的棱角，一旦对准身体上的穴位，便像小针尖那样刺上，让人只感到嗖嗖的凉水击打般的疼痛。那夜，真的是夜凉如水。简兮就坐在一边照料公主蝶。

“你不是舞师吗？怎么也会治病？”

“噢，只是略懂点医术罢了。江湖艺人走南闯北，饥寒交迫的时候，也好自己照应自己。”

公主蝶还是觉得简兮没那么简单，等她再想追问下去，却感到一阵头痛眩晕，便昏睡了过去。

---

①出自《诗经·国风·卫风·氓》。

“咣当”，一面铜镜竟然从公主蝶的枕下掉落出来。

简兮本想拿起来，给公主放回去。正待他从地上捡起，却忽然发现这是非同寻常的镜子。这是背面覆有鸟兽纹的照容镜①。镜的正面可照容，背面则刻出青龙、白虎、朱雀、玄武及天禄、辟邪、蟾蜍等图案；并附有铭文“尚方作镜真大好，上有仙人不知老，渴饮玉泉饥食枣，浮游天下敖四海，寿如金石为国保……”镜边环射线纹、锯齿纹、云纹、窄平素边。迎面有一道冷冷的光射过来，投在镜子的背面上。简兮顺着那道冷冷的光搜寻过去，却见对面墙壁上挂着一柄剑，那剑看上去质地颇好，想必也是不同寻常之物。在剑的下方，赫然地印着一个熊字，隐隐地，他似乎明白了什么。

等公主蝶醒来，却发现简兮不见了。公主蝶以为他又去山上为自己采草药去了。谁知，等到晌午

---

① 原型为古代照容用具，1985 年莒县陈家楼出土文物。

他也没有回来。公主蝶这才发现在她的榻下面，放着满满一锅煮好的姜水，水还温热着，就像简兮刚刚来过。而那些针灸用的玉砭石和简兮一样消失不见。公主蝶想从榻上端坐起来，却不料在枕下摸到了一个硬硬的东西，慌忙掀起，才发现那是母后留给自己的那面铜镜。而在那面铜镜上，有一束冷冷的光打在上面，循着那光看过去，是那柄悬挂于对面墙壁上的宝剑，公子白的剑！

公主蝶忽然想起来，自己是否在夜里昏迷的时候失语了。因为整个夜里，公主蝶似乎都梦见了一个人——公子白，梦见了他临行前对自己说过的话。

而此刻，公主蝶似乎明白了简兮的离去，她的直觉告诉她，简兮不会回来了。而没有了简兮的陌上，该是多么寂寞！

公主蝶拿出了这面镜子久久地凝视着自己，像是不认识自己了一般凝视着，铜镜里面映出一个叫蝶的女孩子的脸，那张脸依然清纯而稚嫩。只有在生病和思念亲人的时候，公主蝶才会来看这面铜镜，用这面铜镜来缓解她对父王母后的思念之情。那是她出嫁的时候，母后亲自送她的闺中之物。只是公主蝶不曾想到，这是一件有魔力的镜子，能窥见人心。而简兮就是透过这面镜子看到了公主蝶内心的秘密。这是一面心镜，心镜骗不了人。

公主蝶明白了，简兮是想给她自由，让她去寻找她心中的那个人，让她不要忘记她来时的使命，却后来让他自己背上了有负他人的罪名。是的，公主蝶在陌上生活得太久了，久得都忘记了自己是公主蝶，自己曾是鸟部族的公主，而不是桑。其实，公主蝶一直是那个“蝶儿”，而不是“桑”。

可是，公主蝶又如何还清简兮对自己的一片情义，那些初次与他遇见时的场景，似乎是公主蝶在陌上生活的所有的意义。

可是，一颗心一旦有了归属，又如何才能收回呢？命运，公主蝶忽然想到了这两个字，是的，或许，这就是冥冥之中命运之神的安排吧！

公主蝶把那面镜子重新塞进自己的裙衫里。这一刻，她知道，自己终究是要上路的。

“谢谢你，简兮。”公主蝶喃喃地说。

忽然，屋外一阵骚动，一行黑衣人踢开门闯入公主蝶的内室。公主蝶故作淡定地坐在床榻上，厉声喝问道：“你们是谁？”

“没必要问这些吧，我的公主殿下！上！”一个黑衣人一挥衣袖，一阵黑风忽然席卷而来。公主蝶似乎被迷住了眼睛，正待此时，公主蝶左手去摸索那柄挂在墙上的剑，右手迅捷地将那面照容镜的背面狠狠地对着这帮黑衣人照了过去……只见从镜子里面窜出了无数的奇形怪状的兽物，它们团团围在公主的周围，龇牙咧嘴地向着黑衣人撕咬去……忽然，一个黑衣人腾空窜上了公主蝶的床榻，试图去夺取她的宝物。公主蝶听闻风声，一个黑影已伫立眼前，在此危难之际，她像失去理智般地用剑拼命地在四周挥舞着，那剑在公主蝶的四周发出了冷冷的光，只待一会儿的工夫，那镜子好像吸取了剑的白色光芒，竟然折射出了无数缕白光，白光里飞出了无数只白色的苍鸟，它们在屋内的空中啄瞎了那些黑衣人的眼睛，只见那些黑衣人一个个踉跄而逃，只一恍儿的工夫，便都消失不见了。

此刻，公主蝶才明白，原来，这剑与这镜子竟然是匹配宝物。单看这枚鸟兽纹照容镜，曾是公主蝶的曾祖母皇娥传下来的，到母后这里，便传给了公主蝶。曾祖母皇娥还有一个宝物，后来据说是传给了母后的同父同母的亲姐姐，原来，就是这柄剑。怪不得公子白要留下这柄剑给她，因为，他是有占卜预知的。这也足以说明自己的母后与公子白的母亲确是亲姊妹，所以她们在出嫁的时候，老祖母才赠予她们这可以配套使用的宝物。也怪不得，命运之神——风让公子白来帮助公主蝶成就这一使命，此刻，公主蝶似乎悟出了什么。

那柄龙凤纹仪杖，已经被公主蝶焐得发烫。在最危险的时候，公主蝶知道，她一定要将此物保护好。春分就要到了，公主蝶没有忘记要在春分这一天所做的事情，那是命运之神赐予她的使命。

然而，简兮的离去，还是给陌上的邻舍们一个不小的打击，就像他刚刚来到这里的时候，给大家带来同样的惊喜那样。他，就是战乱里的一簇火焰，在最灰暗的时光里，用他舞蹈的生命力，照亮了人心。

有的老人说，简兮的离去，是对他喜欢的一个姑娘负心了。年轻的女子们也是这么认为，但也为简兮没有为她们其中的任何一个人留下来而感到遗憾。

但从此，陌上便流传着这样一个歌谣：

氓之蚩蚩，抱布贸丝。

匪来贸丝，来即我谋。

送子涉淇，至于顿丘。

匪我愆期，子无良媒。

将子无怒，秋以为期。

…………

桑之未落，其叶沃若。

于嗟鸠兮！无食桑葚。

于嗟女兮！无与士耽。

士之耽兮，犹可说也。

女之耽兮，不可说也。[①]

…………

此时，陌上的妇女们从原来嫉羡公主蝶转变为同情她，以为是简兮辜负了她。

其实，唯有公主蝶心里明白，简兮没有辜负她，反而，他是为了成全她。

公主蝶没有忘记她的使命。春分的清晨，她早早地上路，来到沭水边。乘着清晨的朝霞，她谨慎地拿出那柄龙凤纹仪杖，将其投入在沭河之蓝和那99次染布留下的靛蓝里，良久，当那仪杖被浸染

---

① 出自《诗经·国风·卫风·氓》。意：

憨厚农家小伙子，怀抱布匹来换丝。其实不是真换丝，找个机会谈婚事。送郎送过淇水西，到了顿丘情依依。不是我愿误佳期，你无媒人失礼仪。望郎休要发脾气，秋天到了来迎娶。………

桑树叶子未落时，缀满枝头绿萋萋。嘘嘘那些斑鸠儿，别把桑葚吃嘴里。哎呀年轻姑娘们，别对男人情依依。男人若是恋上你，要丢便丢太容易。女人若是恋男子，要想解脱难挣离。

之后，忽然发出了异彩的光，先是发出了蓝宝石一样璀璨夺目的光，之后又绽放出像火凤凰一样绚烂的浓烈的光。直到那光渐渐散去，她才从沭水中将其取出来，小心翼翼地揣在怀中。

“玉蝉，带我去五楼山！”公主蝶呼唤道。

但见那玉蝉又一次地展翅幻化为巨蝉，载着公主蝶向着五楼山的方向飞去。不远处，却见黑衣法师也正骑在鸷的脊背上，从远远的鸟部族王宫的方向飞来！公主蝶见势不好，此时她多期待简兮能在身边！但见那只巨鸷从空中驾着黑云奔腾呼啸而来。狂风变作飓风剧烈地打着旋儿，此刻，公主蝶已顾不得多想，一股不可遏止的强大的气流差点将公主蝶和她的玉蝉卷到高空，眼看着她就要被巨鸷吞噬。遇此险境，公主蝶本应是慌乱的，但此时的她倒是异常冷静。她两手狠狠地抱住玉蝉的双翼，默默地闭上眼睛，嘴里仍旧呼唤着：“风，风——祖父，祖父，孩儿无能，恐怕完不成使命了……”她闭上眼睛，眼角里却流出了大滴大滴的泪珠。她已经做好默然承受即将到来的危险的准备。不！在即将死亡面前，她一定要完成使命，拯救整个鸟部族！只见公主蝶迅猛地抽出公子白的那柄剑，她想在天空中与那黑衣法师的巨鸷决一死战。那剑在高空中发出清冷的光，每一剑逆着飓风向着那巨鸷劈过去，都像是于黑暗之中劈开的一道清冷的光，于公主蝶来说，都像是在经历生死最大的考验。

就在玉蝉与巨鸷周旋的忽上忽下的猛烈撞击摇摆中，公主蝶做出了最大的努力，她对着日出的方向使尽全身力气呼唤起来："鸠鸟飞来，鸠鸟飞落……"

只听得空中一阵刺耳般的像是划破天空与大地的鸣叫，风挥动着像箭一样的双翼，破空而出，接着天空中布满了各种白色飞鸟，它们齐鸣着，跟着风这只巨大的苍鸟酝酿起巨大的白色气流旋转在天空中。刹那间，整个天空被白色的气流所包裹，巨鸷聚拢的浓郁黑云散去，天地间一片祥和的光，从春分的太阳中倾泻出来。

公主蝶仍旧闭着眼睛等待着危险的到来，直到她耳边不再听到剧烈的风声，而是百鸟的欢呼鸣叫时，才缓缓地睁开眼睛，发现自己竟然还活着。眼前不再是可怕的一幕，因为她看到了风。公主蝶脸上露出了惊喜的笑容。“风，风……”她嘴角蠕动，喃喃地呼唤着。

但见风带着五只鸠鸟托着朝霞从云端缓缓飞来，那朝霞里裹着七彩光，就从公主蝶站立的五楼山的主山峰上普照下来。

此时，公主蝶已骑在风的脊背上，她顺势拿出了那柄龙凤纹仪杖，向着那七彩光缓缓举起……那神奇的屋楼春分的光充充足足地投射到那柄龙凤纹仪杖上,浸润了它的周身,赐予了它一股神奇的力量。

在那光里，公主蝶仿若看到了龙凤纹仪杖上的龙和凤竟然舞动了起来，身体交互游弋着，并周身都发出了神奇的金光……

“蝶儿，这些年的经历，你已经从一个胆怯稚嫩的小女孩变成了一个果断勇敢的人。可是，还有最后的考验，如果你现在后悔还来得及。”风既欣喜又不无担忧地说道。

“风，事到如今，我不会后悔。”公主蝶笃定地回答。

“可是，那样你会离开王宫，变作一只鸟，你能承受吗？”

“嗯，如果这是命运之神的安排，我愿意！”

风用温柔的翅膀轻轻地抚慰了一下公主蝶的脸庞，“孩子，你会得到命运之神的馈赠！因为你拯救了你的族人，也换得了部族之间的和平……”

在公主蝶离开王宫之后，王宫里也发生了很多事情。在鸟部族人与龙部族人从公主蝶的出嫁又开始了通婚之后，龙部族人已经渐渐放弃了对鸟部族人的敌意。他们不再驯养龙来作为攻击鸟部族人的武器。然而，此时，鸟部族人中却有人在悄悄驯养一种最凶猛的大鸟，没错，它的名字就叫鸷。这种鸟攻击性极强。而擅自养这种鸟的人正是在王宫里，他是父王的长子，也就是公主蝶的长兄禽。

可是，这势必将会引起一场战争。这不仅会使龙部族人受到沉重的打击，也会使两个部族的信任丧失殆尽，而这种背信弃义的战争也会让鸟部族付出惨烈的代价。

然而，令公主蝶万分没有想到的是，长兄禽竟然与黑衣法师串通，仅仅是为了他即将得到的王位和统治更多的部族。当然，龙部族的领域更是他始终垂涎的利益。没多久，公子禽就伙同黑衣法师发动了一次政变，将父王囚禁在龙泉旁的冷宫里。然后，他先一步登上王位，接着，就开始蓄谋向龙部族发起进攻。

那个黑衣法师帮他驯养的鸷就是作为即将与龙部族发起战争的杀敌武器。据说他们是将鸷放养在一处偌大的野外，每天都会有大批的死的或活的动物搬运到这里，成为驯鸷的牺牲品。而这种背信弃义的举动是最令父王和鸟部族人所感到耻辱的。

公主蝶从五楼山下山，在去往王宫的路上，忽然感到内心像被虫啃噬了一般的疼痛。她慌忙从裙裾里掏出那面鸟兽纹照容镜，念动咒语："镜子，请让我看到我心想看到的地方！"但见镜面上立马出现了一片海洋般波光粼粼的漩涡，之后便呈现出了公主蝶想看到的画面。

原来，他们把鸷的训练场安置在野外海滩的一大片营房附近。同时，黑衣法师安排了好多士兵在训练场周边把守，防止外人介入。然后，他们在这片沙地上又引流了一个巨大的海道，里面养着龙，让这些龙又与巨大的海滩隔开。他们每天训练鸷怎么与龙交战，有时多达几十只鸷与一条龙作战，等那些龙渐渐丧失力气，奄奄一息在海滩边，就成了一群鸷的美味，那场景血腥又惨烈。那海道里的龙，据说有一部分还是从王宫的龙泉里引流过来的，正是公主蝶从小饲养的那些龙儿。

"龙儿！我的龙儿……"公主蝶看着那些被巨鸷所啄伤的龙儿，喃喃地呼唤着，心痛地闭上了眼睛，同时她仿佛闻到了一股浓浓的血腥味，这让她差点呕吐起来。

此刻，她感到她的使命真正到来了，她要来阻止这场预感惨烈的战争。

而这些年来，熊部族公子白一直没有停止对公主蝶的寻找,还委派探子在民间打探公主蝶的消息。那些探子会化装成采药的农人或者行商的小贩游走在鸟部族和龙部族的大街巷尾。起先，那探子先是打探到龙部族，并没有公主蝶的消息，后又来到鸟部族，却也没有公主蝶的消息。意外地，就在那探子没有找到公主蝶准备无功而返的路上，他想起大王曾逃难至此，想必是对这鸟部族人有情义的，便想讨好一下大王，将功补过一下。他也听鸟部族人说在陌上有一家染坊，专染一种高贵气质的靛蓝色布料，他便循着沭水边来到了这家染坊。孰料，这意外的举动却使他眼前一亮，那染坊的女子虽然总是用面纱遮面,却难以掩饰住她的神情和仪态风姿，毕竟是从小在王宫中长大的女孩子，跟出生于乡野山村的女孩总是有区别的。这个女子从此便引起了那探子的注意。而且，那探子当年曾做过护送熊部族公子白到鸟部族王宫的马车夫，他对鸟部族王宫里的人多多少少还是有一点儿记忆的。

从此，他便一直在暗处窥探那女子。只是苦于那女子的身边有一个高壮而且还懂法术的舞师护卫左右，使得他一直不得机会下手。

直到他寻到一个机会，也就是在简兮离开那女子之后，让他有了可乘之机。

然而，与此同时，黑衣法师因为几次杀公主蝶没有得逞，便在春分那一天，为了不引起太多注意，便亲自派了一名刺客去跟踪公主蝶，企图将其杀害，夺其宝物。

而碰巧也是这一天，那公子白派来寻找公主蝶的探子远远地看着公主蝶只身一人从沭水边上待了片响，便跟踪她，随即他便远远发现了一个黑衣人正尾随在公主蝶不远的树丛里，手里拿着一个明晃晃的东西，像是匕首。而就在公主蝶在水中好像在打捞什么的时候，那枚匕首忽然滑行到水面上，直冲公主蝶的心脏部位。说时迟，那时快，只见这探子剑出鞘，轻轻喊了声“打掉凶器！”“咣啷！”只听得一声兵器激烈碰撞的巨响，那柄匕首忽然像长了翅膀，从空中旋了一个圈往回飞去，直逼那个刺客的心脏，只听得“哎哟”一声，那刺客顷刻间自毙。而那柄剑又在空中旋了个圈，飞回那探子的剑鞘里。而这一切都是在悄悄发生，公主蝶根本没有觉察到，她是太用心在那柄龙凤纹仪杖上了。那探子见她从水中又捞出了个什么东西揣在怀中，便站立起来，直到他看到她向鸟部族王宫的方向走去的时候，他便更加确凿，此女子或许真的是失踪多年的公主蝶，原来她一直隐藏在民间。那探子不禁暗暗窃喜。

竹竿[1]

公主蝶独自行至洛河边，春阳高高地悬在河岸上，她想起了第一次和熊部族公子出宫时的情形。恰巧也是走累了，她便停下来歇一歇。

她倚靠在洛河边的一棵古松下，那棵古松不知还认得她否？就是那年她和熊部族公子白一起来这里寻找青荇，遇到山魅，后来将其灭掉，那棵古松树精作为回报，便将身上一枚千年松子赐予自己，从而寻到了风让她们寻找到的青荇。往事历历在目，只是故人不知今在何处？她蹲坐在树下，折一枝细细的松枝当作竹竿，像是打捞记忆一样，静静地在岸边垂钓着，任汩汩清冽河水流过枝丫，不禁想起母后曾在儿时教给她的诗：

① 出自《诗经·国风·卫风·竹竿》。

籊籊竹竿，以钓于淇。岂不尔思？远莫致之。
泉源在左，淇水在右。女子有行，远兄弟父母。
淇水在右，泉源在左。巧笑之瑳，佩玉之傩。
淇水滺滺，桧楫松舟。驾言出游，以写我忧。[①]

哗然间，彼岸有歌声随着水声回荡过来。

是啊，慵懒的春阳撩拨起寂寞的少女的心。

公主蝶想起自己曾在幼年的时候，就用细长的竹竿在溪水边垂钓过。如今怀想着幼年时那快乐的光景，那长长的竹竿却是她无法企及的对于年少时光的牵绊。

而今那幼年的春阳又一次照耀在她的身上，那

---

① 出自《诗经 · 国风 · 卫风 · 竹竿》。意：
长长的竹竿，用来垂钓在淇水。怎能不思念你，路途遥远不易前往。
泉源位于左方，淇水位于右方。姑娘出嫁，远离兄弟父母。
淇水位于右方，泉源位于左方。乖巧的笑容真美丽，佩玉摇摆有致。
淇水哗哗地流，桧木的桨松木的船。驾上啊去游玩，以便排遣我心中的忧愁。

往日的欢欣又一次让她甜美地笑着，身上的佩玉也跟着她有节奏地摇摆着，让她俨然忘记思乡的忧虑。

那时光中的一幕幕重叠在一起，像幻影，又如此真实。公主蝶吟唱着，怀想着，想起为了使命在民间隐忍漂泊的生活，不禁泪湿春衫。

多少个日夜煎熬的日子里，她多想再去看一看那马鬐山上的木槿花，看一看浮丘，看一看裴泉，还有她王宫里的“龙儿”。最想念的是自己的父王和母后，听民间流传说，母后就在她出嫁后便病倒了，母后以为女儿遇到战乱，已遭遇了危险，可是孩儿命大呢，还活着呢！

想到此，公主蝶心急如焚，她想马上就见到自己的父王母后，父王是否安危，母后身体是否康健，公主蝶隐隐地又想到了熊部族公子白所说的命运之神。

公主蝶将玉蝉取出来，放在胸间，紧闭双眼，唤着“风——”

耳边又传来了那熟悉的气流声，玉蝉将公主蝶载上它的脊背，就这样，它拍动着翅膀，将公主蝶载到高空，她闭上眼睛……当她睁开眼睛的时候，已停落在王宫的门前，哇，这一切好像是做梦，就要亲眼见到父王和母后了，公主蝶感慨万千。

鸟部族王宫的高空散布着各种巡逻的鸟儿。公主蝶只得在离宫门一千米的地方让玉蝉落地，自己径直走过去。

正待公主蝶欲拿出那面母后赠予的铜镜给王宫的侍卫看以便证明自己的身份时，却被一群横冲直撞涌来的探子将公主蝶的眼睛蒙蔽，并将她抬到预先准备好的马车上，一阵快马扬鞭地往别族的方向赶去。公主蝶正欲抽出宝剑想击退那些探子，却听到有一个探子在向自己说话："不要怕，公主殿下，你很快就要见到你一直想见到的那个人了。"

"你们是谁？又是黑衣法师派你们来的吗？"

"我们是熊部族的首领派来找你的。"

是公子白？应该是没错的。这些年，他可好？

公主蝶不知是兴奋还是不安？以这样的方式被迎接去见一个多年想见到的人，还是感到好奇特呵。公主蝶想着，又屏住呼吸，让自己镇静下来，将抽出的宝剑又插了回去。

熊部族

待他们将公主蝶放至熊部族王宫里的时候，这一切公主蝶便全都明白了。此刻，站在公主蝶眼前的这位年轻的部族首领，就是熊部族公子白无疑。公主蝶只感到一阵晕眩，在此刻有种抑制不住的惊喜，甚或是喜极而泣。

夜里，月光如洗。公主蝶的对面，就坐着这些年来一直让公主蝶记在心中的那个人——熊部族公子白。只是，他不再是当年的那个少年。眼前的他，目光炯炯，威仪得让人有些距离感，让人感到有些冷。公主蝶不禁焐了焐始终藏于裙裾里的那柄剑，它仍然在。可是，眼前的人却好像物是人非了。

他辞退了两边的侍卫，开始单独与公主蝶说话了："蝶儿，离开鸟部族已有经年了。看到你别来无恙，我也心中甚是宽慰。因我现在是部族之首，整天事务缠身，身不由己，但我没有忘记时常思念你，我希望你能留下来，留在熊部族，做熊部族的王后，我们一生一世守护，不再分离……然后，我们熊部族要和鸟部族联手攻打龙部族，到时候，整个东夷就是我们熊部族和鸟部族的天下……”

“不要说了！”公主蝶果断地打断了他。再说下去，公主蝶怕自己会彻底不认识眼前这个人了。这就是公主蝶一直存在于心中的那个人吗？公主蝶感到几分悲凉和不寒而栗。远处，缥缈之中，又传来那个老战士的歌声：“昔我往矣，杨柳依依；今我来思，雨雪霏霏……我心伤悲，莫知我哀……”

公主蝶轻轻地闭上眼睛，痛心地说：“不要有战争了，不要！这些年，你知道，部族的百姓们都受了多少战争之苦，还有——我！”

“可是，蝶儿，你知道的，现在部族之间都在争霸，如果我们不先取胜，就要早晚被其他部族所取代！”

“这么说，大王是非要争战不可了？”

“蝶儿！只有强大了，我才能称霸于各部族之间，到时，我会还百姓们安居乐业、田园牧歌的生活。”

“是这样的吗？如果你真心地这样想，现在就应该束手不战！现在就给百姓们安居乐业、田园牧歌的生活，你可以的……玉蝉，求你带我离开这里，公主蝶要回鸟部族，回自己的部族去……”

“蝶儿，你不要回去，在这战乱的年代，鸟部族也危险，关键时刻，连你的父王也不一定能保护得了你！你的父王目前已被你的长兄禽所囚禁，整个鸟部族已处于准备争战的戒备之中，蝶儿，你还是个小女孩，天真的小女孩，有些男人的事情，你不懂，你不懂……你回去会有危险啊！蝶儿！”

“可是战争，我懂！那是人间的地狱！那是世间最悲惨的地狱！这世间，最不需要战争！难道大王攻打完龙部族还要攻打鸟部族不成？谁都知道，龙部族和鸟部族土地毗连，是唇亡齿寒的关系！”

“可我是一个男人，我要让全天下的族人知道我是一个猛士，更是威仪四方的王。”

“大王有没有想过，即使你的兵丁再多，疆域再辽阔，可是，在世人眼中，你的心被你的欲望和骄傲膨胀着，使你成为一个忘恩负义的残暴之人，无情无义，无仁无信，那么即使你有再广阔的疆土，又有何益呢？因为你的心很狭小，你的义很狭隘，从这一点来说，你就不配做一个真正的王！”

“即使我不会攻打龙部族，可也会有其他部族要攻打龙部族，我只是希望最好鸟部族不要与龙部族联合来攻打我们熊部族。”

正待此时，一名身穿熊皮狩猎装束的将领急匆匆地闯进来：“报告大王，攻打龙部族的战略已定，只是时机上是否有变化，请大王斟酌！听说鸟部族马上要进攻龙部族了……”

“哈哈，这正是我想看到的结果，这样，我们熊部族不费一兵一卒尽可以坐收渔翁之利！”

“我不会让战争发生的！”公主蝶气愤地说。

“战争马上就要开始了，你回去会很危险！”

“不！我要回我的鸟部族，我不但要保护鸟部族人，还要保护龙部族人！”

“就凭你一个弱女子吗？”

“不！我有它！”公主蝶勇敢地将那柄宝剑抽出来，紧紧握在手中。

那宝剑依旧冷冷地在两个人之间闪着光，那光让人不寒而栗。

“听我的，蝶儿，这是我们曾经的信物，现在将它还给我吧！”

“不！这柄剑，是老祖母皇娥传于你母后，旨在让熊部族与鸟部族心连在一起，这，这与老祖母皇娥赐予我母后的信物根本就是两件不可分开的宝物。一旦这两件宝物的主人心不连在一起，这两件宝物都会一起失效的，这将辜负了老祖母皇娥的意旨！这柄剑它本是和平的象征，是永远属于向往和平之人的，而如今，你已经丧失了得到它的资格！我要回去！回我的鸟部族！完成我的使命！否则，我就让这柄剑在你眼前刺死我自己！你真的变了，熊部族公子，不，大王，我不知道究竟是什么让你变成了这样，是权利，还是贪欲，让你忘记了天下苍生和黎民百姓。大王，如今公主蝶唯有一句话也是最后一句话想对你说：勿忘在鸟部族的日子，它曾经在你最危难的时候拯救过你！还有，我再告诉你一个最大的奥秘，也就是你一直寻找的命运之神的奥秘。”公主蝶一字一顿地说道：“你的命运是与鸟部族牵连在一起的，鸟部族就是命运之神派给你的保护神，毁灭鸟部族就是毁灭你自己！”

“你，何以见得？”公子白开始将信将疑。

“这就是我从这两件宝物里悟出的命运之神的秘密，也就是你母后我的姨母她还没有来得及告诉你的这一切，你想做一个正直的王还是做一个残暴的王任你选择，而她希望最终你选择的一定是一条正直的道路！”公主蝶再也抑制不住地哭喊着拂袖而去。此时，她知道自己的心已苍白无力，孱弱如一茎枯草。但她还是鼓足力气，最后向着公子白说道：“还有，对于你来说最重要的，那柄钺，你的命运之石，它只配一个内心纯洁正直的王来使用它。

否则，它会失灵的！命运之神将不会再眷顾你！”

但见那只巨蝉在深夜里扑闪着翅膀在公主蝶脚前停落，然后羽翼叠起，公主蝶忽然像个无家可归的孩子，扑进玉蝉的羽翼里，此刻，她多么希望它能把自己载到离熊部族越来越远的地方……

“母后——蝶儿——”只见公子白向着公主蝶飞去的方向，疯狂而又无力地呐喊着，仰面叹息，悔泪交集。

战争

风行驶在公主蝶的前方，待风将公主蝶接应回至鸟部族王宫的时候，公主蝶才发现王宫里一片肃穆庄严。在宫殿的前方，是一队一队整齐待发的士兵队伍，他们身穿盔甲，头戴银制头盔，左手操矛，右手操盾，队伍一直排出王宫，排出城外，可谓声势浩荡。公主蝶大呼一声："不好！"便对着风说道："快！快去母后的宫殿！"

偌大的王宫，风只盘旋了一下便将公主蝶放至母后的宫殿。宫门前竟然有几个侍卫在巡逻把守。公主蝶唤着母后，一个箭步冲过去。

几个侍卫却将戟[1]一起交织成几个X字，活生生将公主蝶挡在宫门外。

"休得对本公主无礼！禁我者休想活着再出这

---

① 戟（jǐ）：古代兵器。

个王宫！”公主蝶气势汹汹地怒吼着，拿出了母后的鸟兽纹照容镜。

其中有一个侍卫认出了公主蝶，便一脸苦衷地说道：“这是新王的命令，凡是抵抗战争之人都被禁足了，包括王后在内。违令者斩！所以我们也没有办法。还望公主海涵。”

“新王的命令？事不宜迟。现在必须听我的，否则休怪本公主无情了！”正待公主蝶准备挥镜时，“且慢！不要伤害他们！”却发现风已经鼓动起了翅膀，紧接着一阵大风卷起，活生生地将几名侍卫卷至半空中。公主蝶趁机而入。

宫内一灯如豆，羸弱的灯光映着母后还未老去却已苍白的面颊。

“母后，蝶儿来迟了！”公主蝶一个箭步跑上去，紧紧地抱住母亲痛哭流涕。

“蝶儿，原来你还活着……”母后紧紧将蝶儿拥入怀中，哭泣片刻，忽然神情严肃地对公主蝶说：“你要去拯救你的父王，他被你的长兄禽囚禁于龙泉旁边的冷宫之中已有数日了。你的长兄他背叛了我们鸟部族人与龙部族人的盟约，马上他们就要出兵攻打龙部族了！如此一来，势必两族伤亡惨重，两部族百姓遭殃，并从此结下祸患无穷。事不宜迟！快去！”

“母后，孩儿知道了。相信我吧！母后好好休养，一定等着孩儿归回，见到两部族和睦如初！保重！”公主蝶拱了拱手，拂袖而去。

待公主蝶从宫内跑出来，但见几个侍卫只被刚才那阵旋风击晕在地。风冲她拍了拍翅膀，她抓紧骑上风的脊背，直奔战场。

鸟部族人与龙部族人的阵势已拉开。

在鸟部族队伍最前面的一排勇士的左肩上，统统立着一只鸷。那些鸷正露出凶恶和贪婪的目光。

在龙部族队伍最前面的一排勇士的上空，也正浮游着一条条蛟龙。

看来，这将是一场地上和空中两个战场的恶战。

公主蝶骑着风在半空凝望着，一时不知所措。

“风，快点告诉我，在战争开始之前，我该先怎样做？”公主蝶在心中不停地求问着风，她感到身体有些微微的颤抖。

但见那个黑衣法师就立在鸟部族队伍的正中央，像一个形态傲慢的将领，脸上露出邪恶的笑。他的旁侧，立着一个高大魁梧的将军，那个人不是别人，正是公主蝶的长兄禽。

而在龙部族的中央，也立着一个高大骁勇的将军，乍看生疏，细看来却感到几分面熟，没错，那正是龙部族公子，也就是当下龙部族的首领。

两军对垒，先是龙部族公子发出质问：“尔等为何背信弃义，主动攻打我们龙部族，伤我们百姓？”

只听得公子禽轻蔑地回道：“背信弃义，古往有之，可谓兵不厌诈。”

“你可知这样做的后果吗？”

“后果可想而知，那就是你们龙部族败下阵来，从此归顺于我们鸟部族。”

“呵呵，恐怕尔等小人难以得逞。此天道也。逆天道者只能是败亡！别忘记，我们龙鸟两部族可是歃血为盟的！盟誓是决不为敌，不再开战！”说罢，龙部族公子仍旧按兵不动。

“那是你与旧王的盟约，而这次战争却是我们新王的命令！”那黑衣法师代替公子禽说道。

沉默片刻。正待那个黑衣法师准备喊出开战的时候，一行大队人马千里迢迢赶来，队伍卷起了滚滚尘土，“且慢！”冲在最前面的一位虎背熊腰的将帅夺马而来。公主蝶顺眼望去，原来那虎背熊腰的将帅不是别人，正是熊部族公子白。公主蝶纳闷不已，但心中渐渐略感宽慰。

然而，只听得那黑衣法师旁若无人般一举哨子，发出一声长长的呼哨，接着那些勇士肩上的鸷便凶猛地扑打着翅膀向龙部族的军队扑抓而去。而此时，龙部族公子也不得不下令开战，只见那龙部族的蛟龙也腾空而起，奔腾而来，向着那些凶猛的鸷迎了上去。鸷与龙在天空中展开了惨烈的血的搏杀。

地上的两队人马也展开了激烈的搏斗，转眼便厮杀在一起。

正待此时，从开战的队伍里走出来一位舞师。他的手里拿着龠号，没错，那个人正是简兮！“是简兮来了！”公主蝶在心中暗暗叫好，还有种故人重逢的兴奋！

而此时，一团火焰般的云朵也从鸟部族王宫的方向浮游而来。近看原来正是鸟部族王宫里的乐师反抱着五十弦的瑟，端坐在九尾狐的项背上如一团火红的祥云不疾不徐地飞驰而来。但见简兮与乐师两人分别站立在鸟部族和龙部族的两个队伍前，将各自的乐器吹奏起来。

龠号空旷有力，低音憋足。龠音所至，那些作战的鸷便没了方向般在空中迷失地打起旋来，甚至失去理智般相互撕咬起来。

奇怪的是，乐师在反弹那五十弦的瑟。五十弦的瑟音却变化多端，如蛟龙蜿蜒盘旋，忽高忽低，

音色神秘。这就是传说中龙部族的祖先伏羲氏曾创立的五十弦的瑟。乐师在用尽全力地反弹着，竭尽全力让自己的心保持镇静。那些蛟龙听到瑟音，却也忽然掉转方向，也在天空中徘徊起来，身体蜷曲着，兀自吐纳不止，像是失去了战斗力。原来这瑟正弹可以鼓舞蛟龙的斗志，而反弹起来，则是具有相反的效用。

正待此时，只听得黑衣法师的一声长哨，一只凶猛的鸷载着那黑衣法师从简兮的背后偷袭过来。

“简兮当心！”只见公主蝶像迅捷的鸟儿一样冲袭过来，企图从简兮的背后挡住那黑衣法师的凶猛的鸷的袭击。

“公主小心！”熊部族公子白大叫一声，紧接着，一枝长箭从公子白的手中射出，无声无息地击中了鸷的喙，那鸷疼痛不已，剧烈地摇晃了一下身子，便载着黑衣法师扑嗒一声跌落下来。那一声剧烈的声响好在没有打扰到乐师，她在用心弹着，简兮的那龠号还在继续猛烈地吹着。

只一恍的工夫，这两种乐器便让天上的斗争告一段落。而地上的战争却仍旧惨烈。两个部族的士兵们正厮杀在一起，胜负难分。

熊部族公子白见势只好领一队人马横冲直撞地穿插进来，尽量控制局势，做战争双方的调停。然而，两军厮杀，此消彼长，难以插手制止。正待此时，公主蝶高喊了起来，“公子白，拿着你的剑！”说时迟，那时快，那剑像长了眼睛飞一样地投靠到公子白伸开的手掌之中，公子白抓住剑柄，向着两支交战的部队横空劈去，但见一片万丈白莹的光，将两个部族如众水一般分别了开来，那白莹的光映得大地一片眩晕，两军的战马立时嘶鸣起来，大地上一片人仰马翻之景，刹那间尘土弥漫，黄沙遍野，那豆大的沙粒弥漫着人的眼睛，一时间两军混乱，士兵们被迷了眼睛，东倒西歪，无法开战。顿时，简兮与乐师都像被迷了眼睛一样，龠与瑟音都开始减弱了。

然而，趁大家都不备的时候，那个黑衣法师却俯伏在地，吹响一个长长的呼哨，将那些凶猛的鸷从龠的音律中唤醒，眼看着一场空中恶战又要开始了……

简兮更加卖力地将龠号吹响，就像使出了他的洪荒之力。那些鸷便又像失去方向般在天空中打着旋迷失起来，它们不再对准那些蛟龙发起进攻，独自分散在天空中孤立无援般鸣叫着……

然而，因为没有了鸷的强猛攻击，那些蛟龙明显多了些激烈的反应，刚刚被激发出来的斗志因找不到攻击的对手而显得焦灼万分,它们找不到鸷鸟，便直直地向鸟部族人的部队开始攻击。眼看着那几条生猛的蛟龙张开巨大的口从空中俯冲直下，将鸟部族人的部队吞食待尽，就在这千钧一发的危难之际,但见那九尾狐腾空化作了一位红袂飘飘的少年，与乐师一同端坐于瑟前，他们相互对视了一眼，重新将瑟调整好和弦，便开始迅猛地反弹起来。一开始，那反弹的瑟因着九尾狐的参与像着了魔一般，天地间一片静谧，唯有弦音在天地间飘荡，那些摇头摆尾欲厮杀过来的蛟龙也忽然像一尊尊蜡像浮游在空中，像是凝固了一般。然而，不管是龠管的音律还是瑟的弦音都不能停止下来，否则，这场天上的战争还会继续。

忽然，只听得“啊”一声，趁众人不备的时候，那黑衣法师竟然怂恿公子禽放箭从简兮的背后偷袭了过来，而简兮就在听到箭的风声一闪躲的间隙，手臂被箭梢擦伤，龠音暂且在空中戛然而止。紧接着，黑衣法师的长哨响起，那些鸷忽然像利箭一样俯冲过来，向着蛟龙撕咬去！

而就在此刻，九尾狐幻化的少年和乐师正在倾尽全力反弹着瑟弦，可突然那瑟音愈演愈烈，像是失控了一般，霎时崩断了弦。乐师大叫着“不好！”只见那些蛟龙立即在空中活跃了起来，也迎着那些俯冲来的鸷惨烈地搏斗起来。

风此时意味深长地掉转过头，提醒公主蝶道：“快！拿出龙凤纹仪杖！但是，蝶儿，你要想好了，使用龙凤纹仪杖的鸟部族人要化为一只鸟……”

“我不怕……我生来就是肩负着这样的使命……”正在恍惚之中的公主蝶猛然顿悟，她迅捷地从怀中掏出了龙凤纹仪杖，用尽全力地抛向空中，此刻，她忽然感到全身在融化，她的血，鸟部族人的血，正与那柄龙凤纹仪杖融为一体……那一刻她知道，她要付出的代价是幻化成一只鸟，从此远离王宫，远离父王母后，远离思念的人……但是，为了两个部族的安危，无数人的性命，她必须要这样做，完成命运之神赐予她的使命。

刹那间，那龙凤纹仪杖焕发出大海般的蓼蓝色，在蛟龙出现的地方，忽然漫上来一片巨大的海洋，将陆地分别出来。那些蛟龙遇到了水，忽然变得温驯起来……它们不再厮杀，兀自在海洋里沐浴，五楼山的尘光此刻从山上投射下来，一点一点像美丽的鳞片覆着在蛟龙的身上……而此时，公主蝶忽然感觉到自己的身体又像灼烧在火中浴生，果然，她从那龙凤纹仪杖升起的火光里轻灵地飞了出来，此时她已幻化成一只有着七彩羽毛的凤凰，与此同时，从龙凤纹仪杖中也奇迹般地涌现出了两只七彩凤凰，两只巨龙，它们成双成对地在半空中追逐游戏，相互交好，交织成一幅七彩的龙凤呈祥的画面。

而那些空中作战的鹙，扑打着翅膀，向着五楼山的方向远远地飞旋来去，在风裹挟着鸠鸟带来的白色气流中，渐渐消隐……

紧接着，从远处龙部族的方向，一只披着金色鳞甲的巨龙载着一个人远远从空中飞来，这个人的手里捧着五十弦的瑟，他边弹边舞，乐声无比曼妙，而舞蹈又是如此轻灵而不失凝重，此人正是伏羲氏。而从鸟部族的方向，也有一只火凤凰迎面飞来，将彩霞染得更浓郁了。火凤凰上也端坐着一个人，他的手里拿着一个龠号，那人鸟头人身，满身披挂着木槿花做成的斗篷，如仙人般降临，此人正是虞舜，但见那只火凤凰与巨龙盘旋上下，低回高舞，两阵的士兵见此情状纷纷收起武器，一路不断地撤退，跪拜。公主蝶的长兄禽见此情状，羞愧难当，又担心受到先祖神灵的惩罚，便偷偷从队伍中潜逃，从

此流落荒野。

熊部族公子白不知何时已率领一队人马隐退了去。连舞师简兮和骑九尾狐的乐师也消失不见。天地之间一片澄明。

“对了，父王！我要去拯救父王”。公主蝶慌忙向王宫飞去。

远远的，黑衣法师正乘着一只鸷潜逃在去往鸟部族王宫的路上，紧追在公主蝶后面。那黑衣法师正试图让鸷与公主蝶来厮杀，目光中带着凌厉和残酷。

不好！公主蝶预感到。

“剑！”风飞在公主蝶的旁侧，它提醒着公主蝶。

却见公主蝶扇动着翅膀，将那支剑对准背后的黑衣法师，狠狠地甩向后方，只听得“啊呀”一声，那剑发出一道凌厉的白光，又在空中转了个弧，将那黑衣法师连同那只鸷一同击落下去，任他们掉进万丈深渊里。

当公主蝶迅疾地飞进王宫后花园的龙泉，却见一条龙儿已游出水面，正在舔舐着一个人的脸。

公主蝶慌忙飞过去，那人正是父王！那只龙儿见到公主蝶，便吐出了一个胆状的东西，放在公主蝶的翅羽间，示意让她喂给父王。公主蝶见父王已不清醒，便将此胆衔入父王嘴中，并用翅膀取龙泉的水捧给父王冲咽。过了半晌，父王果真醒来。公主蝶知道自己已幻化成了鸟儿，怕父王无法认出自己，便将两只翅膀一抖擞，那面出嫁时母后赠予她的鸟兽纹照容镜便从她胁间的羽毛里掉落下来。正待此时，母后也被风载着赶到，她和父王同时看到了那面鸟儿翅膀里掉落出来的鸟兽纹照容镜，便得知自己的女儿已幻化成一只鸟，那幻化成鸟儿的女儿救了他们，也救了整个鸟部族的百姓们，便抱头痛哭起来。那鸟儿含情脉脉地看着父王母后，又看着照容镜里的自己——已幻化成鸟儿的自己，不舍地向着父王母后拍了三次翅膀，欲飞又止。但见两行清泪从鸟儿的眼睛里流了出来，那是公主蝶的眼泪。最终，任凭父王母后怎样挽留她呼唤她，她还是默默地跟着风飞去了，飞跃过鸟部族人的山河，那让她熟悉的一草一木，然而，她的眼睛里此时却是欣慰的，因为，这里将持续着太平和幸福……

只是，当她飞至沭水的时候，便从天空降落下来，在河岸边停立，她扑簌了一下翅膀，将羽毛上残留的一块蓼蓝，散至水中，那是她曾和简兮一起去沭水寻蓝，简兮在她睡着的时候，像花朵一样涂在她裙裾上的一片蓼蓝。

那蓼蓝顿时变作一页蓝色的舟，摇摇晃晃地漂向远方，漂向河的对岸。在河的对岸，有一个人日日夜夜吹着箫，像在思念着什么，又像是在诉说什么，是在诉说一个故事吧……

“简兮，是你在吹箫吗？谢谢你的帮助，我走了，你多保重！来世再见吧！”只见公主蝶顺着那蓼蓝色的舟漂远的方向，双翼鼓动着，跟着风，飞远了……

唯有歌声在沭水彼岸回荡，箫起箫落，且歌且吟：

蒹葭苍苍，白露为霜。所谓伊人，在水一方。
溯洄从之，道阻且长。溯游从之，宛在水中央。
蒹葭凄凄，白露未晞。所谓伊人，在水之湄。
溯洄从之，道阻且跻。溯游从之，宛在水中坻。
蒹葭采采，白露未已。所谓伊人，在水之涘。
溯洄从之，道阻且右。溯游从之，宛在水中沚。①

① 出自《诗经·国风·秦风·蒹葭》。意：
河边芦苇青苍苍，秋深露水结成霜。意中之人在何处？就在河水那一方。
逆着流水去找她，道路险阻又太长。顺着流水去找她，仿佛在那水中央。
河边芦苇密又繁，清晨露水未曾干。意中之人在何处？就在河岸那一边。
逆着流水去找她，道路险阻攀登难。顺着流水去找她，仿佛就在水中滩。
河边芦苇密稠稠，早晨露水未全收。意中之人在何处？就在水边那一头。
逆着流水去找她，道路险阻曲难求。顺着流水去找她，仿佛就在水中洲。

“你知道吗？我和你还有一段前世的孽缘未了，唯有了了，我就把你送回去。”

那只大鸟，转瞬间又变回了男孩，“没错，我就是简兮，曾经被陌上的人们谣传背叛了你的人。其实，不是我背叛了你，而是在一个你发着高烧的夜里，口里却念叨着一个男子的名字，那个时候我才明白，原来你并不需要我，我便只好离开你，让你重获自由，去寻找你的幸福，而不至于成为你的羁绊。而且，那个夜里，我也知道了你的身世，其实，我一直就不相信你是民间的女子……

“离开你，我无处可去，就去参了军。也就是你为何看到我出现在鸟部族与龙部族的战场上……可就是在那次战乱的时候，我被箭伤了，便逃进了荒野……在那里，我想等待死亡的降临，就在那个时候，我想起了我的母亲，于是，我孤独哀绝地唱

起了我这一生里唱得最多的一首歌谣，那是我在母腹里就听过的歌儿，‘玄鸟来兮，玄鸟来兮……’母亲曾对我说，当我在遇到危险或是不幸的时候，就要唱起它，那时，会有神灵来帮助我。就在我奄奄一息快死去的时候，一只神鸟真的飞下来，帮我舔舐伤口，而后，那只神鸟天天来给我舔舐伤口，一直到我的伤口痊愈。就这样，我在一场血腥的战役中死里逃生，在野山里过着与神鸟相伴的自由的生活。白天，我在山里采野蜜琼浆，夜里，就枕在神鸟的羽翼里睡去。如此，日子过得飞快。但是，就在我快老去的那一天，你知道吗？蝶儿，我想起了你。你的优雅高贵一直是我这一生来可望而不可即的，我把一生的爱给了你，也把我一生的恨给了你。就在我死去的前一刻，我诅咒了你！你是我唯一诅咒过的人！因为你辜负了我。也因此，我被惩罚死后化作一只鸟，只是偶尔可以变成人形，但变成人形的时辰不得超过人间一天的 24 个小时。所以，在我这可以成为人形的 24 个小时里，我要充分地与你在一起，这也就是我让你到这里来的原因。可是，还有一个更重要的原因是，我要为你破除诅咒，因为当年是我对你下的咒语，因为你辜负过我的情意，所以我让你来世所有的人都不喜欢你。而现在想来，这是多么愚蠢的一件事情！人们往往在想惩罚别人的时候，惩罚的却是自己，漫长的那些年月，我都是在痛苦与懊悔之中度过的，所以，我发誓来世一定要见到你！也为了赎自己的罪孽。”

晓蝶听得一脸的眼泪：“这是我听过的最凄美的故事。我原来以为，没有一个男孩子喜欢我，是因为我长得不够漂亮；爸爸妈妈也不喜欢我，因为我不够乖巧；老师同学也不喜欢我，是因为我不够聪明，原来，是因为……”

男孩继续说道：“我这次，就是要以我第二次生命为代价来破除我对你当年犯下的错——诅咒。今天午夜的钟敲响第十二下时，我就要与你永别了，但是，从此，你会一直做个快乐的女孩子，所有认识你的人都会喜欢你，你会一直幸福下去……相信我……每一个纯洁善良的女孩子都是世间最美的公主，正如那个公主蝶，和我眼前的你……”

“不要！你要去哪里？我不想让你死！我可以救你吗？我可以不快乐，也可以不幸福，也可以没有人喜欢我，只要你活着，只要你活着……因为我终于知道，原来我不是那么一个让所有人都讨厌的人……我的前世竟然还贵为公主，一个勇敢自信大气大义的公主……”

男孩子继续嘴角上扬地微笑着，只是脸色渐渐变得惨白，身体也越来越孱弱，“听你这样说，我便知足了。从此，我的灵魂不再孤独，因为，在这世上也有一个女孩子希望我活着，不愿意我死去，哪怕，她可以为此付出多大的代价。因此，我已拥有了爱和温暖。我的内心不再苍凉，不再有恨……在我心里，你永远都是那个善良大气的公主。现在，还有一刻钟就是子夜了，还想听我再唱一首歌谣吗？就是我们第一次相遇在陌上的时候，我唱的那一首……”

“嗯嗯！”晓蝶忙不迭地应着。

野有蔓草，零露漙兮。有美一人，清扬婉兮。邂逅相遇，适我愿兮。

野有蔓草，零露瀼瀼。有美一人，婉如清扬。邂逅相遇，与子偕臧。[1]

…………

缓缓的歌声如同从天空飘落下来，透着神秘的光彩，男孩的眼睛像星星一样亮着，像彩云一样燃烧着，唱着唱着，男孩子便没有了声音。唯有一个女孩在痛哭流涕呜咽不止，她的泪水重重叠叠得像下雨般滴在了男孩子的额头上。男孩子的嘴角依旧上扬着，满足地微笑着……

远处传来了钟声，敲打了整整十二下的时候，

---

① 出自《诗经 · 国风 · 郑风 · 野有蔓草》。意：

郊野蔓草青青，缀满露珠晶莹。有位美丽姑娘，眉目流盼传情。有缘今日相遇，令我一见倾心。

郊野蔓草如茵，露珠颗颗晶莹。有位漂亮姑娘，眉目婉美多情。今日有缘喜遇，与你携手同行。

天空忽然裂帛一般，男孩子不见了，像被天空的裂帛吸了进去。一只莹白色的大鸟飞过来，它敞开翅膀，将女孩载在上面。

女孩大叫着：“简兮，你是简兮，我认得你！”

“不，我是风……”大鸟回答着，忽闪了两下翅膀，便展翅高飞起来，载着女孩，穿过上面画有古老“旦”字图案的大口尊，飞越茫茫黑夜……

地 铁

地铁还没有到站。

陈晓蝶分不清自己脸上是一脸的泪水还是汗水，也不知道她是怎样恍惚之中进入了地铁，她摸了摸她的公交卡，公交卡是在的呀！难道，是做了一个梦吗？只听得地铁报站了：下一站，92 中学，请下车的乘客做好准备。

她一个箭步冲了出去，赶向 92 中学的考场。

只见 92 中学的考场上，此刻乱成一团。陈晓蝶走进去，忽然嘈杂的人群都安静了下来。只见晓蝶的妈妈和爸爸擦着泪眼向晓蝶扑过来。晓蝶还没来得及躲闪，却被爸爸和妈妈一头揽在怀里，痛哭流涕起来。这突如其来的拥抱真的让晓蝶感到意外和不适应，她努力地感受着父母此刻抱住她的心跳，心中有点战栗。还有，陈晓萧，正鼻涕邋遢地走过来，拉着她的手，亲切地喊了一声："姐姐！"

一阵暖流从心底悄然袭来。平素，陈晓萧是从来不叫她姐姐的，都是直呼她的名字，处处跟她对着干！今天这是怎么了？这时，校草张辉也走过来，轻轻地拍了一下晓蝶的肩膀，低声说：“陈晓蝶，你去哪里练习失踪了？可把同学们都吓坏了！”张辉的眼睛里透着温暖的光。

“是呀是呀，你平时就内向，有的同学还以为你想不开……”薛雪也一脸热忱地跑过来说。

“陈晓蝶来了就好，来了就好！总算把人找到了！我们是一个温暖的大集体，一个都不能少！好了，大家抓紧安静下来，遵守纪律要考试了！”班主任挥舞着双手，做了一个让大家安静下来的动作。

安静的考场上，唯有一个人在悄悄地流着泪，因她深深地感到了这个世界的爱与暖意！当她抬头仰望天空的时候，那只莹白色的大鸟从天空悄然划过，像是不想惊扰大家似的，抑或是来与她道别？

“风，你就是命运之神吧，原来你始终没有离开过我。”晓蝶若有所悟地喃喃地说着，看着那风之翼已渐渐地飞出了她力所能及的视线。

“风，你走了？”晓蝶依依不舍地问道。

“我走了，我要回到我的故乡，人类的童年……”风轻轻地挥舞着双翼，在晓蝶的心底里回答着，天空落下一阵芬芳，说不清是桂花的香味，还是梧桐花的香味……

这是藏在晓蝶心中的一个秘密，或许，也是一个梦境。

后记

写这本书的缘由，是在参加2016年第30届鲁迅文学院高研班（儿童文学班）上，听过研究文学人类学的叶舒宪老师的一次讲座，便油然对中国古代神话原型发生了浓厚的兴趣；同时，也由于自己素来对诗经等中国古典诗歌的喜爱，以及这些年在担任《儿童文学》杂志的古典诗歌编辑让自己积累了一点儿古典诗词鉴赏的经验。所以，就萌生了让自己创作一个具有浓郁古典文化气息的神话幻想小说的想法。

很巧的是，2016年秋天回故乡，又一次拜访莒州博物馆的时候，一种浓郁的对故乡人文历史的深深的眷恋与探寻的欲望，让我为这个小说找到了一个富有神话幻想的文化依托，让我不禁想把笔触伸展到这个在远古充满神奇的土地……而这仅仅是创作的第一步。之后，还需要做大量的工作，比如，地域的考古学及历史的探究，以及古老的民俗风情等人文知识方面的素材积累。

在此，要特别感谢故乡的学者、考古专家苏兆庆先生。当联系到他的时候，他已经住院躺在病床上，但即便如此，苏老先生听到我的这个意愿还是特别兴奋，将他仅存留的两部厚厚的大著作，托人转寄给我。很可惜，次年，也就是2017年十一假期，我从老家返京，竟然看到了苏老先生仙逝的消息，虽未曾谋面，却甚为悲痛！苏老先生为故乡的莒地考古文化奉献了一生，他的精神，值得我们后辈学习和效仿。

另一位特别感谢的，是我这些年的忘年交、导师——刘树芬先生。我们在20世纪90年代就认识了，那时他在宣传部工作，任部长，也担任我们当地报社的主编。而那时的我，则是一个只懂得写写诗歌散文，也时有作品发表的文学少年。可就是因为文学，让我们结识多年，并在文学的道路上先生也给过我太多的指引和帮助。刘树芬先生一直致力于对莒地的民俗风情的搜集，致力于民俗文化的研究，为当地的文化发展做出了不可磨灭的贡献。在这本书的创作过程中，刘树芬先生也为我提供了丰富的民间故事素材、风俗民情等文化借鉴。

同时，在此也感谢莒州博物馆的相关领导，感谢在我创作过程中所有帮助过我的故乡亲人们、朋友们……

最后，特别感谢我的祖父祖母，是他们养育我长大，教我做人，用人世间所有的爱和温暖让我记住了故乡的名字！

也谢谢这本书的读者们！我希望这本书能给你们带去成长中的蜕变，阳光与自信，让你们能够喜爱上我们博大精深的古典文化——诗经；同时，也和我一样，爱上这片充满历史沧桑与神话幻想的神秘土地……

苇枫

2019年12月23日

北京